Hanna Schmaldienst

DAS VERMEINTLICHE PARADIES

Meine Zeit bei den Zeugen Jehovas

All jenen gewidmet, die gerade dabei sind aus der Sekte auszusteigen – und all jenen, die es bereits geschafft haben!

1.

Wenn ich an meine Zeit bei den Zeugen Jehovas zurückdenke, steigt ein angstvolles Gefühl der Leere in mir auf. Ich darf gar nicht darüber schreiben. Von ihnen aus. Von mir aus muss ich darüber schreiben. Ich will sie schwarz auf weiß lesen können, meine Geschichte, eine Geschichte von Abhängigkeit und psychischer Gewalt, von Indoktrination und fast völliger Zerstörung meiner Lebensfreude. Wie sehr ich von den Zeugen geprägt (und geschädigt) wurde, kann ich erst jetzt überblicken, nach beinahe dreißig Jahren der Loslösung von ihnen, dreißig Jahren mehr oder weniger selbst bestimmten Lebens.

Ich war erst sieben Jahre alt, als alles begann. Ich kannte die Welt und die Menschen noch überhaupt nicht. Auf einmal war da eine fremde, nette Frau, die für mich und meinen ein Jahr älteren Bruder zwei große rosa Bücher mitbrachte, deren Titel lautete: „Vom verlorenen Paradies zum wiedererlangten Paradies". Bernd und ich betrachteten die Bücher misstrauisch. Sie sahen anders aus als jene, die wir so gern lasen. Es waren zwar Bilder darin, doch diese waren nicht farbig; überhaupt schien es mehr ein Lehrbuch zu sein. Die Frau, die unverhofft zu uns gekommen war, erwartete nun von uns, dass wir uns zusammen an den Tisch setzten und dieses Buch „studierten".

Die Art, wie Zeugen Jehovas ihre Bücher studieren, ist witzlos, langweilig und wie in der Schule – noch öder als in der Schule, wollte mir scheinen.

Reihum wird ein Absatz gelesen. Die Frage zum Absatz wird gestellt. Wir müssen im Gelesenen die Antwort suchen. Auf keinen Fall was Selbsterdachtes antworten! Nur was gedruckt steht. Selbstverständlich müssen wir vorbereitet sein, d.h. vor der Stunde unser Pensum lesen, Frage stellen, Antwort im Absatz unterstreichen.

Es war so stupid und geistlos. Es war nicht interessant, fesselte nicht die Aufmerksamkeit. Es regte die Fantasie nicht an. Nur manchmal, ganz selten, empfand ich so etwas wie einen Reiz beim Anschauen der Bilder in dem Buch.

Ich mochte die fremde Frau, die Lene Ulrich hieß, ganz gern. Sie war groß und dünn, hatte braunes, kurz gelocktes Haar und braune Augen hinter einer großen Brille. Ihre Kleidung war konventionell und etwas langweilig, aber ihr Gesicht war freundlich, und sie konnte lieb und gewinnend lächeln. Sie kam von da an einmal in der Woche, um mit uns anhand des Buches „die Bibel zu studieren".

Ich begriff nicht recht, warum sie kam. Ob es ihr Freude machte. Sie war eine Lehrerin, aber keine von der Schule, sondern eine für zu Hause, die zu uns in die Wohnung kam. Sie war eine Bibellehrerin. Wir durften nicht den Religionsunterricht in der Schule besuchen, unser Vater wollte es nicht. Bernd in der dritten Klasse hatte schon Anfeindungen deswegen gehabt. Ein paar Buben hatten ihm aufgelauert und ihn beschimpft und bespuckt, wobei „du Schwachkopf" noch das Harmloseste war, das sie ihn nannten. Mit mir machten sie das nicht. Allerdings hatte ich Schwierigkeiten beim Gebet vor Unterrichtsbeginn, denn mit mir hatte noch nie jemand gebetet, ich kannte also den Text des „Vater Unsers" nicht und verstand am Ende immer statt „Amen" sonderbarerweise „Abend", und das am helllichten Morgen. Ich wusste nicht, dass Amen etwas wie „so sei es" bedeutete und immer am Schluss von Gebeten stand. Aber das Beten selbst gefiel mir gut. Es gehörte zum Anfang des Schultages.

Ich hatte keine Ahnung, dass das, was uns Frau Ulrich lehrte, ganz etwas anderes war als das, was die anderen in Religion lernten. Ich dachte selbstverständlich, dass Gott, Bibel und Religion etwas immer Gleiches, Unverwechselbares sei. Deswegen machte ich keinen Unterschied zwischen mir und den anderen, vor allem nicht zwischen mir und meiner Freundin Lisa, die katholisch war.

Eine der ersten Erkenntnisse, die ich aus dem rosa Buch entnahm war, dass Gott einen Namen hatte. Ich war noch ein Kind, ich hatte über Gott noch nicht viel nachgedacht. Es leuchtete mir ein, dass es ihn gab, dass er die Welt erschaffen hatte. Warum sonst war alles da - die Tiere, die Blumen, Sommer und Winter, Wasser, Erde, Luft und Feuer? Ohne Gott würde es das alles und mich selbst nicht geben. Aber nun - und das berührte mich sonderbar – sollte er einen Namen haben wie die Menschen auch. Dieser Name lautete „Jehova".

Seltsam, dass kein Kind und auch kein Erwachsener bisher diesen Namen, diesen seltsam klingenden und Furcht einflößenden Namen des Allerhöchsten genannt hatte. Ich weiß noch, dass ich vor lauter Befremden einmal am Heimweg meine Freundin Lisa fragte, ob sie Gottes Namen wisse. Sie wusste ihn nicht. Ich teilte ihr die drei sonderbaren Silben mit: „Je-ho-va" und wartete, ob sie begriff. Aber sie begriff nicht, der Name war ihr fremd. Wir sprachen nie mehr darüber.

Ich war ein fantasievolles Kind, das sich viele Geschichten ausdachte, gern zärtliche und friedvolle Gedanken hegte und von seinem Schutzengel träumte - bei Tag und bei Nacht. Ich dachte ihn mir groß und gütig, immer um mich her in Glanz und Schimmer und einem weißen, fließenden Gewand, zärtlich und liebevoll, wie meine Eltern, beide, nie waren. Ich empfand so viel Liebeleere, Langeweile und Trostlosigkeit, auch schon als ganz kleines Kind. Meine Mutter wollte nicht mit mir schmusen, sie nahm mich niemals zärtlich in den Arm. Sie war eine unglückliche, karge und freudlose Frau. Ihre niedergedrückte Art wirkte auf mich wie ein großer Kummer. Ich liebte sie doch, ich bewunderte sie. Aber alles, was mein Bruder und ich von ihr bekamen, waren kurze Zurechtweisungen mit unglaublich bösem Gesicht, wie wenn wir etwas Abscheuliches wären. Sie rauchte viel, sie war nie fröhlich, oder doch, an zwei- oder drei Mal kann ich mich erinnern, wo sie lachte und scherzte und mit uns sprach. Sie konnte uns unvermittelt anschreien, um von einem Moment zum anderen wieder liebevoll zu tun - was nicht echt war, das spürte ich deutlich. Ich wurde nie klug aus ihr, und es entstand kein Vertrauen, keine Geborgenheit aus unserem Zusammensein.

Mein Vater war anders, offen und gesprächig. Im Gegensatz zu ihr liebte er Musik und spielte Klavier, Zither und Gitarre. Als Siebenjährige liebte ich ihn sehr. Aber manchmal - immer öfter - sagte er verletzende Dinge, zum Beispiel wenn ich weinte: „Schau in den Spiegel, wie hässlich du bist!". Ich war in seinen Augen dumm, meine langen Haare waren „Zotteln", wenn ich Klavier spielte, "klimperte" ich, meine Stimme nannte er „piepsig". Er wertete alles ab, was ich konnte, war und tat.

Er verspottete mich und meinen Bruder gern, ahmte uns nach, und zwar überzeichnet, was mir sehr wehtat. Er erniedrigte uns, wo er nur konnte. Wenn er so verletzend war, lächelte er dabei, als ob alles ein Scherz sei. Ich war verwirrt, und es schmerzte mich. Und trotzdem bewunderte ich ihn, wenn auch mit wachsender Angst, und ich mochte ihn in dieser frühen Zeit meines Lebens lieber als meine freudlose Mutter.

Wie alle psychisch misshandelten Kinder half ich mir gegen meine aufkommende innere Qual, indem ich mich in die Fantasie flüchtete. Ich träumte von einem Mädchen, das durch und durch gut war. Ich gab ihr den Namen Annina. Sie ging barfuss durch den Wald, denn sie war sehr arm. Sie konnte mit den Tieren reden, war gut Freund mit allen armen Menschen und half beim Waschen, beim Tiere füttern oder bei der Feldarbeit. Sie fühlte sich glücklich, beschenkt und geführt von einer liebevollen Allmacht. Wenn ich in meinen Träumen dieses Mädchen war, konnte ich mich auch einmal glücklich fühlen und geführt. Was ich in Wirklichkeit nie war.

Wenn schon meine Eltern nicht liebevoll waren, wie würde erst die Welt sein. Sie erschien mir bedrohlich, laut, ungeordnet, voller Dreck und Schlechtigkeit. Ich wusste schon mit meinen sieben Jahren ungefähr, was Verbrechen war. Ich wusste, dass es Diebe, Räuber und vor allem „böse Männer" gab, die mir eine Heidenangst einjagten, weil ihre Bosheit so abgrundtief schlecht und gerade auf Mädchen wie mich abgezielt war, sodass ich mich immer umschauen und auf der Hut sein musste, sonst würde ich ermordet werden.

Ich hatte immer gedacht, dass Gott mich und alle Menschen, Tiere und sonstigen Lebewesen liebt und beschützt. Aber als ich unter Frau Ulrichs Leitung die Bibel näher kennen lernte, wandelte sich diese Vorstellung und der „liebe" Gott wurde zu etwas Bedrohlichem, das mich nicht schützen, sondern bei Ungehorsam noch grausamer töten würde als jeder „böse Mann".

Auf solche Gedanken kam ich während unseres Studiums. Frau Ulrich zeigte uns Kindern, dass die Bibel von einem großen Krieg Gottes sprach, der kommen würde, und zwar bald, im Jahre 1975. Gott würde „das gegenwärtige böse System der Dinge" (was hieß das eigentlich - die Welt?) im Krieg von Harmagedon vernichten. Besonderen Eindruck machten mir die Worte: „Die von Jehova Erschlagenen werden von einem Ende der Erde bis zum anderen sein."(Jer.25,33).

Was für ein Bild! Gott sollte so unglaublich viele Menschen einfach töten wie Insekten, und das schon sehr bald?

In unserem großen rosa Buch gab es ein ganzes Kapitel über diesen bevorstehenden Krieg Gottes. Ein Bild zeigte, wie die Vernichtung aller bösen Menschen, dieses Harmagedon, aussehen wird: Da waren Straßen überschwemmt, es hagelte und stürmte, im Hintergrund war ein Feuer zu sehen und die Menschen hatten alle

Todesangst in den Gesichtern. Häuserbrocken stürzten auf sie herab, sie waren außer sich vor Angst, sie konnten nirgendwo hin flüchten.

Ich sah mir das Bild sehr genau an. Ich wollte wissen, was da auf die Menschen zukam, die von Gott "böse" genannt wurden. Ich hatte Angst. Schon ein gewöhnliches Gewitter konnte mich erschrecken, besonders wenn der Donner sehr laut war oder es auch noch schlimm hagelte. Und das, was ich hier sah, war noch um einiges ärger.

Man konnte dieser schrecklichen Vernichtung nur entgehen, wenn man alles tat, um Jehova, diesen fürchterlichen, strengen Gott zufrieden zu stellen. Er war zornig, herrisch, ein Eiferer. „Mein ist die Rache, ich will vergelten, spricht Jehova." (Röm.12,19).

Die Angst, die ich vor diesem Gott empfand, wurde auch nicht geringer durch die Forderungen, die er an mich und somit an alle Menschen, die nicht getötet werden wollten, stellte. Diese mussten „fortgesetzt Erkenntnis in sich aufnehmen über Gott und über Christus" (Joh. 17,3), „ihren Wandel vortrefflich führen" (1.Pet. 2,12), „die gute Botschaft verkündigen" (Mat. 24,14). Ich hatte nur verschwommene Vorstellungen, was das alles bedeuten sollte. Die „fortgesetzte Erkenntnis", das war wohl unser wöchentliches Bibelstudium. Und was den „Wandel" betraf und das „Verkündigen", so ahnte ich nur, dass dahinter schwere Aufgaben steckten, die ich, so klein ich noch war, so gut wie möglich auszuführen hatte.

Ich dachte ernst darüber nach. Gott würde sehr böse und gefährlich werden, wenn ich nicht brav alles tat, was er wollte. Ich würde mich zusammennehmen müssen und genau aufpassen, was Frau Ulrich sagte. Dann würde ich vielleicht verschont bleiben und leben dürfen. Aber wehe mir, wenn ich nicht standhalten würde! ...

Ich schrieb mir einen Zettel mit kindlich wichtigen Gedanken, die mich ermahnen sollten, wenn es ernst wurde und wenn ich etwa schwankend werden wolle. Ich nahm den Zettel sehr wichtig, besserte mehrmals den Text darauf aus, faltete ihn zusammen und versteckte ihn in einer alten Geldbörse, gab auch ein kleines Tier dazu, das ich sehr liebte (es war ein Küken mit nur einem Bein). Und diese Geldbörse versteckte ich wiederum ganz sicher, in einem Winkel in der Abstellkammer.

Als ich älter wurde, schämte ich mich für den Zettel. Ich nahm ihn heraus, las ihn noch einmal durch und warf ihn weg. Heute tut es mir Leid. Ich hätte gern gewusst, was mich damals als Kind hätte ermahnen sollen - ich habe es leider vergessen.

Frau Ulrich merkte nicht, welche Angst wir Kinder vor Gott hatten. Sie glaubte uns eine schöne, hoffnungsvolle Welt zu vermitteln. Denn ebenso oft wie vom Krieg Gottes wurde in unserem Buch auch vom Paradies gesprochen. Nur konnte ich mir nicht recht vorstellen, wie dieses sein würde. Zwar gefiel mir das Bild recht gut, wo in paradiesisch schöner Umgebung glückliche Menschen lustwandelten, ein Löwe lag frei auf der Wiese und ein Kind hatte seine Hand in dessen Mähne vergraben. Aber sonst stieg keine Vorstellung in mir auf. Was taten diese Menschen den ganzen Tag? Sie pflückten Blumen und frisches Obst, alles war sauber, und es gab keinen Schmerz. Auch der Löwe lebte von

Gras. Und damit war meine Vorstellung vom irdischen Paradies schon zu Ende. Wie würde es sein? Sicher sehr schön. Es würde kein Unglück und kein Traurigsein mehr geben.

Frau Ulrich ließ uns dazu eine Bibelstelle aufschlagen, es war Offb. 21,4-5: „Und Gott wird jede Träne von ihren Augen abwischen, und der Tod wird nicht mehr sein, noch wird Trauer, noch Geschrei, noch Schmerz mehr sein. ..., siehe, ich mache alle Dinge neu.". Ja, das wäre wohl schön, dachte ich in meinem Herzen, wenn niemand mehr traurig sein müsste, die Mutti nicht und ich nicht und auch sonst niemand.

Aber warum war alles nur so langweilig? Hier saßen Bernd und ich in unserem Kinderzimmer und mussten die Bibel studieren, dabei schien draußen so schön die Sonne, und alle Vögel sangen. Noch vor einer Stunde hatten mein Bruder und ich am Balkon gespielt, wir durften in der mit Wasser gefüllten alten Babybadewanne planschen, wir spritzten und lachten und hatten eine Menge Spaß. Kleine Plastikboote, schwimmende Tiere und ein von Bernd selbst gebasteltes Segelboot trieben umher, und wir bliesen in die kleinen Segel und machten mit den Händen Wellen. Dann war Mutti gekommen und hatte zur Eile gemahnt: „Frau Ulrich kommt gleich!".

Es war ein Bedauern in mir, ein lebhaftes Gefühl von Missempfinden. Wir hatten hier unser kleines Paradies, wieso mussten wir uns anziehen und frisieren, um in einem langweiligen Buch zu lesen, dass ein Paradies auf Erden kommen würde? Ich begriff das nicht. Dieses Buch war ganz und gar öde geschrieben und man musste seinen Kopf anstrengen, um überhaupt etwas zu verstehen. Es war schon in der Schule so langweilig gewesen. Mein Hirn hatte noch Falten von der Anstrengung, vom konzentrierten Aufpassen.

Nun saßen wir also gesittet am Tisch und erfuhren, wie schön das Paradies werden würde, das Gott auf Erden schaffen wollte. Wir schlugen Psalm 37,10-11 nach, wo es heißt: „Und nur noch eine kleine Weile und der Böse wird nicht mehr sein. Und du wirst dich sicherlich umsehen nach seiner Stätte, und er wird nicht da sein. Aber die Sanftmütigen selbst werden die Erde besitzen, und sie werden in der Tat ihre Wonne haben an der Fülle des Friedens".

Das rief in meinem Kopf die Vorstellung von Blumen und Sonne und einem ungebundenen Herumtollen in freier Natur, einer fröhlichen Mutter, nach Trost und Heiterkeit und viel, viel Freude hervor. Ja, das würde schön sein!

Aber gleich darauf hieß es: Es würde vorher eine "große Drangsal" kommen, „wie es seit Anfang der Welt bis jetzt keine gegeben hat, nein, noch wieder geben wird." (Mat. 24,21).

Ich hatte vorhin gedacht, dass ich dem lieben Gott Danke sagen wollte für all seine Liebe. Aber anscheinend würde dieser Gott Jehova das nicht einmal gern hören, schon gar nicht von einem kleinen, dummen Ding wie mir. Es war nirgends in unserem Buch zu lesen, dass Gott den Kindern zuhört. Statt dessen wurde uns mitgeteilt, dass eine furchtbare, noch nie da gewesene Drangsal kommen würde. Warum? Was sollten wir dann tun? Niemand würde der Drangsal entgehen. Also doch Leiden,

Schmerz und Ausgeliefertsein. Bedrückt vergrub ich Angst und Widerspruch tief in meinem Innern. Denn Frau Ulrich sah so glücklich aus, als sie mit uns über all das sprach.

Später redeten mein Bruder und ich nicht mehr darüber. Wir bekamen unser Abendessen, spielten noch ein Weilchen jeder für sich, bis es Zeit zum Zähneputzen und Schlafengehen war.

Aber in mir hatte sich ein banger Gedanke festgesetzt. Wenn Gott für mich unerreichbar war, wie konnte ich ihm dann versichern, dass ich ihm dankte und ihm treu gehorsam bleiben wollte? Wie sollte ich überhaupt einen Gott ansprechen, der eine fürchterliche Drangsal samt nachfolgender Vernichtung über die Menschen bringen würde? Wo war der „Vater", für den wir jeden Morgen in der Schule ein Gebet sprachen? Hörte er uns überhaupt zu? Es stand nichts in der Bibel davon - oder Frau Ulrich wusste nichts davon - dass Gott sich unserer Sorgen annahm. So hatte ich vorm Einschlafen Angst im Herzen und betete angestrengt und mühsam, dass ich Jehova gehorsam sein wolle – „und bitte vernichte mich nicht!". Aber ich hatte nicht das Gefühl, dass dieser allmächtige Eiferer mich überhaupt hörte.

Kurze Zeit danach wurde ich krank. Scharlach. Es begann mit einer Magenübelkeit, die ich schon morgens beim Aufstehen spürte. Trotzdem frühstückte ich ein wenig und wanderte gemeinsam mit Bernd zur Schule. Aber in der zweiten Stunde wurde mir immer schlechter. Ich bat die Lehrerin, aufs Klo gehen zu dürfen, aber ich hatte noch nicht die Tür erreicht, als ich mich auch schon heftig übergeben musste. Die besorgte Lehrerin ging mit mir ins Sekretariat hinunter und ließ meine Mutter anrufen, dass sie mich abholen solle, ich sei wohl krank. Währenddessen machte der Schulwart den Boden im Klassenzimmer wieder sauber.

Ich wurde abgeholt, Mutti war sehr besorgt. Der Heimweg ging noch gut. Aber zu Hause übergab ich mich wieder und bekam einen schweren Schüttelfrost. Das Fieber stieg, und Mutti alarmierte unseren Hausarzt. Der kam, leuchtete mir in den Mund, untersuchte mich sorgfältig und äußerte, er habe den Verdacht, es sei Scharlach. Nun war gerade Samstag und er meinte, ich solle noch übers Wochenende zu Hause bleiben, wenig essen, viel Tee trinken, und er würde am Montag wieder nach mir sehen.

Am nächsten Tag war mir nicht mehr so übel, aber ich hatte Halsschmerzen und hohes Fieber. Dennoch spielten Bernd und ich ein wenig an meinem Bett miteinander. Ich hatte noch keine roten Flecken, also dachte Mutti wahrscheinlich, es sei nur eine Halsentzündung. Außerdem waren mein Bruder und ich ja gegen Scharlach geimpft. Konnte es dennoch ausbrechen?

Es brach aus. Am nächsten Tag hatte ich Halsweh, hohes Fieber und war so rot wie ein gesottener Krebs. Der Arzt kam und veranlasste sofort, dass ich ins St. Anna Kinderspital gebracht wurde. Auf vier ganze Wochen. Und nur sonntags war Besuchszeit.

Ich war sehr aufgeregt. So lange getrennt zu werden von den Eltern, vom Bruder! Was kam da Neues auf mich zu?

Ich kam unter Quarantäne und meine Klassenkameraden hatten um meinetwillen zwei Tage schulfrei, denn das Klassenzimmer wurde gründlich desinfiziert.

Es wurde nicht so schlimm für mich. Wir waren zehn Scharlachkinder in einem großen Raum, Buben und Mädchen gemischt, zwischen drei und vierzehn Jahren. Aber obwohl zwei der Buben recht wild waren, hatte ich doch meine Ruhe. Ich las sehr viel „Micky Maus". Es musste ja alles, mit dem ich in Berührung kam, im Spital bleiben. Das war eben die Quarantäne: abgeschlossen zu sein von der Umwelt, die Eltern nur durch die Glasscheiben sehen zu dürfen - kein Spielzeug von zu Hause mit haben dürfen.

Am ersten Besuchstag geschah etwas Seltsames: während des Besuches der Eltern weinten alle Kinder in den schmerzlichsten Tönen, nur ich nicht. Ich verstand das damals nicht, warum sie weinten. Erst sehr viel später wurde mir bewusst, dass sie sich wohl nach zärtlichem Hautkontakt mit ihren Eltern sehnten, nach Gestreichelt- und lieb gehabt Werden. Mir ging das nicht ab, ich kannte das nicht. Mutti nahm mich sowieso nie in die Arme. Sie brachte mir aber Malbücher und Stifte mit, die sie unter der Tür durchschieben musste, weil ja kein Kontakt erlaubt war. Und sie schrieb mir kleine Zettel, die ich durch die Glasscheibe las, und ich antwortete auf die gleiche Art. Denn reden war kaum möglich, man hätte brüllen müssen, um einander zu verstehen.

Vier Wochen sind für ein knapp achtjähriges Kind auf diese Weise sehr lang. Und als Mutti mich (ohne meinen Vater) zum letzten Mal vor der Entlassung besuchte, drückten mich die Tränen doch beträchtlich im Hals. Das kam, weil sie mir auf einmal so liebevoll erschien. Wie gerne wäre ich gleich mit ihr mitgegangen!

Endlich, am nächsten Tag, einem Montag, holte sie mich ab. Ich wurde von einer Krankenschwester gebadet und dann von Mutti in Empfang genommen, angezogen und gekämmt. Sie hatte mir ein wunderschönes, dunkelgrünes Kostümchen geschneidert, und am Revers saß eine kleine, schwarze Katzenbrosche. Auch die Großeltern waren plötzlich da, sie schenkten mir einen weißen Spielzeugesel mit wuscheliger Mähne. Ich nannte ihn Smokey. Ich war sehr glücklich auf der Straßenbahnfahrt nach Hause. Und mittags kam Bernd aus der Schule, das gab ein großes Hallo! Er hatte sich ein bisschen verändert, seine Schneidezähne waren inzwischen gewachsen (sie waren mir nicht so weiß und glänzend in Erinnerung), und er hatte ein so liebes Lachen! Wahrscheinlich war ihm langweilig gewesen ohne mich.

In der ersten Woche schien mir alles neu. Die Wohnung, die Straße, mein Spielzeug und Frau Ulrich. Denn diese war natürlich auch bald da. Ich durfte ja nicht zu lange aussetzen mit dem „Erkenntnis aufnehmen".

Ich hatte durch den Abstand und durch den ungewöhnlich liebevollen Empfang zu Hause meine Angst vor Gott wieder vergessen. Ehrlich gesagt, hatte ich kaum an ihn gedacht während meiner Krankheit. Im Spital war nicht mit uns gebetet worden. Nur Frau Ulrich, die betete mit uns vor und nach der Bibelstunde. Sie senkte dabei den Kopf, schloss die Augen, dankte Gott mit dürren Worten, dass er uns Erkenntnis schenkte und bat ihn um recht viel Aufmerksamkeit beim Studium und um Vergebung unserer Sünden.

Dann ackerten wir uns wieder mühsam durch die Bibelstellen und durch den öden Text des Buches. Irgendwie erschien mir das wie eine Quälerei, zumal Lachen beim Studium streng verboten war. Aber es gehörte wohl dazu, so wie man eben auch zur Schule gehen musste.

In der Schule wurden bereits Diktate geschrieben. Da ich mir schon früh das Lesen selbst beigebracht hatte und auch im Rechtschreiben nicht so schlecht war, machte es nichts aus, dass ich so viel versäumt hatte. Das Diktat mit der Überschrift: „Toni und Susi sind allein daheim" schrieb ich ohne einen einzigen Fehler. Nur in Rechnen war ich nicht so gut, aber das war ich vor der Krankheit auch nicht gewesen. Die Lehrerin verlangte lediglich von mir, dass ich die letzten drei Eintragungen in den Heften nachschreiben musste. Alle wären mir zu viel gewesen.

Mit meiner Freundin Lisa wurde es wieder sehr schön. Sie wohnte in einem alten, niedrigen Haus, das verwinkelt und geheimnisvoll war. Es gab auch einen verwilderten Garten, in dem viele Katzen lebten. Wir schauten uns immer im Fernsehen eine Kindersendung an, und das liebe, kleine Mutterchen von Lisa schmierte uns Butterbrote. Ich fühlte mich dort geborgen. Nur ihr Vater war mir etwas unheimlich, er war ernst, stets schwarz gekleidet und irgendwie vertrocknet. Aber er fragte nicht nach uns und wir spürten ihn kaum.

Wir konnten wunderbar im Garten spielen. Lisa und ihre ältere Schwester Maren bastelten die tollsten Sachen. Einmal waren es „Seifenkisten" mit vier Rädern und einer Lenkstange, mit denen wir eine steile, unbelebte Gasse hinuntersausten, so lange, bis unsere Kisten streikten. Da machte Bernd auch richtig mit, obwohl ihn unsere sonstigen Spiele langweilten, besonders wenn wir die Katzen in unsere Puppenwagen setzten und mit ihnen „Mutter und Kind" spielten.

Lisa und ich fingen an, Karl May zu lesen, den wir aufregend und spannend fanden. Wir redeten bald nur noch wie seine Figuren. Mit unseren Spielzeugpferden und -indianern spielten wir viele Szenen nach, wir bauten ihnen ein richtiges Fort aus Holz und Steinen und waren heiß und zerzaust vor Spannung, als es Zeit war sich zu trennen und nach Hause zu gehen.

Lisa und ich strolchten nie anders als eng umschlungen durch die Straßen. Wir mochten einander riesig und hatten viel Spaß miteinander. Nur wir zwei, wir waren beide gewissermaßen Außenseiter der Klasse, gehörten zu keiner Clique. Und diese schöne Freundschaft wurde auch nicht gestört, als mein Vater anfing, mich hie und da zu den Versammlungen der Zeugen Jehovas mitzunehmen.

Am Dienstag gab es eine kleine Bibelrunde in einem Privathaus, zu der mich mein Vater mitnahm. Die Erwachsenen saßen im Kreis um einen niedrigen Tisch und mühten sich ab, Unverständliches, für mich äußerst Schwieriges zu lernen. Es war warm im Zimmer, die Köpfe schienen zu rauchen. Die Gastgeberin war eine alte, dicke Dame mit dem seltsamen Namen Katzenbeißer, die aber gar keine Katze besaß, sondern allein lebte, und sie war so alt und so rund, dass sie asthmatisch keuchte und das Buch auf ihrem gewaltigen Bauch abstützte. Aber sie war nett zu mir und schenkte mir ein Stück Schokolade, doch ich traute es mich nicht zu essen, da es beim Auspacken sicher geraschelt und die Erwachsenen beim Studieren gestört hätte.

Auch hier hielten die Leute jeder dasselbe Buch aufgeschlagen am Schoß, auch hier wurden Bibelstellen nachgeschlagen. Nur war das Buch erschreckend dick und hatte den verwirrenden Titel: „Babylon die Große ist gefallen! Gottes Königreich herrscht!".

Die Erwachsenen meldeten sich wie wir in der Schule mit der Hand, und sie gaben Antworten auf die im Buch gestellten Fragen, manchmal sehr lange und komplizierte Antworten, von denen ich kein Wort verstand. Ich wusste, dass ich brav und sittsam auf meinem Stuhl sitzen musste, und weil ich kaum etwas von dem verstand, was geredet wurde, schaute ich mir unauffällig die Leute an.

Sie waren eher älter, außer mir war kein Kind dabei. Ein jüngerer Mann musste schreckliche Kopfschmerzen haben, denn er war ganz bleich und seine Stirn lag in angestrengten Falten. Er sah aus, als hätte er drei Nächte hintereinander nicht geschlafen. Zwei Frauen im Alter meiner Mutter waren da, die schienen Freundinnen zu sein, denn ab und zu tuschelten sie miteinander. Eine schöne, kalt wirkende Dame sagte kaum ein Wort, sondern blickte nur die ganze Zeit hoheitsvoll drein. Und ein durchgeistigtes, weißes Greisenhaupt erblickte ich, das sehr gütig wirkte. Dieses gefiel mir von allen am besten.

Es wurde von meinem Vater eingeführt, dass einmal Bernd und einmal ich zu diesem „Buchstudium" mitgingen. Wir waren immer ganz still dabei, versuchten zu verstehen, worum es eigentlich ging. Trotz allem Ernst wurde im Anschluss noch ein Viertelstündchen fröhlich miteinander geplaudert, bis sich einer nach dem anderen verabschiedete. Ich hatte keinen unangenehmen Eindruck. Sogar mein Vater schien fröhlich und aufgeräumt zu sein nach diesem Studium, ganz anders als zu Hause. Er war auf einmal ein richtiger Mensch. Nicht so spöttisch und sarkastisch. Aber mir war, als sei Religion nicht etwas, das einem hilft, sondern etwas sehr Mühsames, wo man stillsitzen und ernsthaft nachdenken musste, bis die Köpfe rauchten. Ich wusste nicht, warum alles so mühevoll gelernt werden musste. Die Bibel war anscheinend ein sehr strenges Lehrbuch über Gott. Die „Erkenntnis Gottes" flog einem nicht einfach zu, man musste sie sich angestrengt erarbeiten. Und man musste sich stets gesittet benehmen. Jehova wollte keine ausgelassenen, übermütigen Kinder. Zum Glück neigten Bernd und ich beide nicht zu Albernheit und dummem Benehmen. Wir hatten mit dem Stillsitzen kein ernsthaftes Problem. Sicher, es war langweilig. Aber Jehova verlangte es von uns, so jung und lebhaft wir noch waren. Das gehörte wohl zum "vortrefflichen Wandel", den wir führen mussten. Und ich wollte bestimmt nicht einen Gott beleidigen, der seine Feinde mit Feuer, Hagel und Wasserfluten vernichten wollte.

Frau Ulrich nahm Bernd und mich ins Schönbrunner Palmenhaus mit. Sie wollte uns zeigen, was für Pflanzen Jehova Gott auf der ganzen Welt erschaffen hatte. Wir betraten den ersten Raum, in dem es blühte und duftete, dass es eine wahre Freude war. Ich konnte mich gar nicht satt sehen an diesen herrlichen Farben, dieser ungeheuren Blütenpracht. Aber zugleich fühlte ich mich eingeschüchtert neben dieser Frau, die ja unsere Lehrerin war, die wahrscheinlich nur zu Lehrzwecken mit uns in dieses blühende, überwältigende Palmenhaus gegangen war.

Aber sie war sehr lieb, sie lehrte nicht in dieser öden Sprache, die wir aus dem rosa Buch gewöhnt waren. Mit erzählender Stimme berichtete sie uns über das, was die Schöpfung Gottes hervorbrachte. Wir kamen in den nächsten Raum, der bedeutend wärmer war. Hier herrschte Wüstenklima. Ungeheure, bizarre Kakteen wuchsen zwischen kleineren Agaven, Aloen und anderen Wasser speichernden Pflanzen, und Frau Ulrich zeigte uns, wie dick ihre Blätter waren und wie spitz ihre Dornen. Schließlich kamen wir zu den subtropischen Pflanzen, zu den hohen Palmen mit den riesigen Blättern - unter eine dieser Palmen, deren Blätter bis tief zum Boden herabreichten, duckte sie sich mit uns Kindern, eines rechts und eines links im Arm, und ließ uns fühlen, wie prächtig Gott alles geschaffen hatte. Nach diesem Besuch im Palmenhaus war ich nicht mehr ganz so schüchtern Frau Ulrich gegenüber – obwohl ich noch immer kaum sprach - aber ich schob leise meine Hand in ihre und ließ mich von ihr führen.

Überhaupt, das Sprechen mit den Erwachsenen! Meine Eltern verhielten sich beide uns Kindern gegenüber nicht gerade so, als wollten sie uns gern zuhören. Von meinem Vater hieß es sogar: „Das interessiert keinen, was du sagst!". Und meiner Mutter war es ausgesprochen peinlich, mich reden zu hören.

Einmal beim Zahnarzt - nach der Behandlung begann dieser freundlich mit mir zu reden und fragte mich scherzhaft: „Na, möchtest du auch einmal Zahnärztin werden?". Meine Schüchternheit schwand, ich lachte zurück und wollte mit meiner Kinderstimme antworten: „Ich bin ja vielleicht nicht gescheit genug!", aber bevor ich auch nur zu sprechen ansetzen konnte, stieß mich meine Mutter an und sagte laut und gekünstelt: „Ach, ich glaube, das liegt ihr nicht!"

Ich war so gekränkt! Warum ließ sie mich nicht reden? Der Zahnarzt hatte mich gefragt, nicht sie. Ich kroch tief in mich zusammen, fühlte Schmerz und Erniedrigung und ich merkte mir, dass meine Mutter es lächerlich fand, wie ich mit den Erwachsenen redete.

Ich wurde eingeschüchtert und stumm, wagte mit Erwachsenen kaum mehr zu sprechen. Frau Ulrich nahm uns mit ins Kino zu dem Film „Die zehn Gebote". Mutti war selbstredend auch dabei. Frau Ulrich fragte Bernd und mich, ob wir wüssten, worum es in dem Film gehe. Wir wurden rot und verlegen, wagten nichts zu sagen. Und da war auch gleich die schrecklich gekünstelte Stimme unserer Mutter: „Das habt ihr doch schon gelernt! Der liebe Gott hat die Israeliten aus Ägypten herausgeführt.". - So geziert sprach sie nur mit Menschen, vor denen sie gut dastehen wollte. Ich genierte mich für sie und war gekränkt, weil sie uns so kindisch und dumm hinstellte. Ich mochte sie, wenn sie so war, kein bisschen.

Dann stellte uns Frau Ulrich die Frage: „Und wer hat das Wasser vom Roten Meer geteilt, damit die Israeliten hindurch flüchten konnten?", und wir antworteten schüchtern: „Gott". Meine Mutter sah uns böse an und betonte: „Der liebe Gott.". Ich dachte verärgert, dass sie nicht wie wir die Bibel studierte, sonst wüsste sie, dass es bei den Zeugen Jehovas niemals hieß: der liebe Gott, sondern immer nur: Jehova Gott oder eben Gott.

Sie hatte uns gar nicht richtig lieb. Sie hörte unsere kindlichen Stimmen nicht gern, denn sie ließ uns nie reden, besonders mich nicht. Ich verlor völlig das Gefühl, dass ich ebenso viel wert war wie die anderen Kinder, denen nie verboten wurde, so mit Erwachsenen zu sprechen, wie sie eben sprachen. Ja, manche Eltern waren sogar stolz darauf, was ihre Kinder sagten, das sah ich bei meinen Spielgefährten. Ich war verletzt und fühlte mich verachtet. Sollte das etwa Liebe sein, meine Stimme und das, was ich sagte, lächerlich oder peinlich zu finden?

Nie konnten wir es irgendwem recht machen. Wir waren bereits so eingeschüchtert, dass wir nur ganz kurze und leise Antworten geben konnten. Ich hatte ständig das quälende Gefühl, dass mit mir etwas nicht stimmte, wenn ich nie reden durfte, sondern alles was ich sagte für meinen Vater uninteressant und für meine Mutter sogar peinlich war. Ich war bestimmt sehr schlecht.

Das waren meine Gefühle, als wir eines Tages Besuch von einer Tante aus Amerika erhielten, die nur selten die lange Reise zu uns nach Wien wagte. Als sie uns das letzte Mal gesehen hatte, war Bernd noch zu klein zum Sprechen gewesen und ich war damals überhaupt noch ein Baby. Als wir nun – ohne unsere Eltern – mit ihr am Tisch saßen, waren wir stumm vor Verlegenheit. Sie wollte das und jenes von uns wissen, wir gaben aber nur einsilbige Antworten, da wir ja wussten, dass unser Drauflosreden nicht gefragt war. Die Tante lachte über uns und sagte: „Das ist ja komisch! Ich habe gedacht, ihr würdet im Wiener Dialekt lustig durcheinander reden, und nun! ...".

Aha, wieder fand ein Erwachsener uns komisch. Was waren wir nur für Dummköpfe! Irgendetwas richtig zu machen, schien bei uns nicht drin zu sein.

Ich schämte mich so, und ich war furchtbar gekränkt. Ganz und gar hilflos in meiner Wut. Die Eltern waren sakrosankt, was sie sagten und taten war nicht in Zweifel zu ziehen. Auch wenn ich mich noch so ärgerte über die gezwungene Stimme meiner Mutter, ich durfte sie nicht kritisieren, nicht einmal vor mir selber.

Ich hatte nie das Gefühl, so wie ich war in Ordnung zu sein. Immer wurde ich eingeengt, belehrt und zurechtgewiesen. Vor lauter Bravsein fühlte ich mich gar nicht mehr wie ein richtiges Kind. Auf jeden Fall fühlte ich mich überhaupt nicht geliebt. Wenn ich redete, sollte ich still sein, wenn ich schüchtern war und schwieg, sollte ich reden. Einmal fuhr mich eine aus der Versammlung wütend an: „Kannst du nicht wenigstens „ja" sagen?!". Ich hatte geschwiegen, weil ich vollkommen der Überzeugung gewesen war, dass jede Äußerung von mir einfach idiotisch klingen würde und niemand darauf neugierig war.

Freilich kennt jedes Kind Gefühle der Schüchternheit, der Unzulänglichkeit, sogar der Wertlosigkeit. Aber für mich waren diese Gefühle besonders peinigend. Denn ich war ein überaus empfindsames Mädchen, das seine Eltern doch liebte mit seinem ganzen Wesen. Warum waren sie bloß so zu mir?

Warum musste mich meine Mutter immer „Ziege" nennen? Ich war sehr gekränkt darüber, aber das nahm sie nicht ernst. Wenn sie meine langen Haare bürstete und zu einem Pferdeschwanz zusammenband, murmelte sie immer den Sing-Sang: „Mit meiner Ziege hab' ich Freude, sie ist ein wunderschönes Tier. Haare hat sie wie aus Seide, Hörner hat sie wie ein Stier.". Ich ärgerte mich, denn „Ziege" galt unter uns Mädchen als ein Schimpfwort von besonderer Gemeinheit. Warum war ich für Mutti eine Ziege? Ich liebte sie doch, wusste sie das nicht? Wie sollte ich es ihr zeigen? Ich hätte gern etwas Liebevolles von ihr gehört, zum Beispiel: „Du bist mein liebes, hübsches Mädchen. Deine Haare sind so seidig weich.". Aber das brachte sie ja nicht über die Lippen. Ich habe in Erinnerung, dass sie immer böse schaute, Bernd und mir ihren Zigarettenqualm rücksichtslos ins Gesicht blies und immer sagte: „Führ dich nicht so auf! Benimm dich nicht so blöd! Schleck das nicht ab! Kannst du nicht ordentlich gehen? Schrei nicht so!".

Das sind die Worte, die ich von klein auf ständig in den Ohren hatte. Schon das allein hätte gereicht, um mir Minderwertigkeitsgefühle zu machen. Aber mein Vater war noch ärger, was er sagte tat noch mehr weh, vor allem weil er es nicht aus bloßer Gereiztheit heraus sagte wie meine Mutter, sondern mit gewollter Bosheit, um uns Kinder leiden zu machen. Aus irgendeinem finsteren Grund schien er das zu brauchen.

Er hatte sich angewöhnt, Sonntagmorgens in unser Kinderzimmer zu treten und die Arie zu singen: „Oh selig, oh selig, ein Kind noch zu sein", wobei er uns hämisch angrinste.

Er neidete uns das Kind sein! War so etwas möglich? Wo wir Kinder ja ohnedies nur an diesem einen Vormittag ausschlafen durften und unser Frühstück ans Bett bekamen. Hatte er nicht auch frei? Was wollte er von uns!

Ich dachte schon sehr früh furchtbar schlecht von mir. Oft geriet ich in einen richtigen Selbsthass. Dann zog ich mich zurück, las in einem schon oft gelesenen Buch und suchte den Ärger zu vergessen. Meine Tagträume wurden mir sehr wichtig. Und ich fühlte mich in meinem selbst geschaffenen Schneckenhaus besser als in der Welt, so wie sie war.

2.

Etwa zu dieser Zeit, als ich gerade zehn Jahre alt war, wurde mein Leben noch schwerer. Etwas neues Verstörendes begann. Mein Onkel väterlicherseits, der Bruder meines Vaters mit Namen Gustav, besuchte uns auf einmal häufiger. Manchmal erschien er abends nach der Arbeit, manchmal am Wochenende. Die Art, wie er mich anschaute, wie er mit mir umging, wie er redete, erschien mir unangenehm und machte mir angst. Er strich mir über die Wange, und seine Hand fuhr dabei wie absichtslos über meinen ganzen Körper hin. Er blickte mir in die Augen auf eine Art, die mich unsicher und ängstlich machte. Nicht wie man einem Kind freundlich in die Augen schaut, sondern schwülstig, als hätte er mit mir etwas vor, an das ich nicht zu denken wagte.

Ich hatte ja schon meine Beobachtungen gemacht. Mein Vater fasste meine Mutter manchmal so seltsam an, irgendwie gierig oder unbeherrscht, jedenfalls unangenehm. Er strich ihr nie zärtlich übers Haar, er hielt nie ihre Hand. So etwas wäre ja herzlich gewesen und liebenswert. Aber er schien sie nie als einen wirklichen Menschen zu sehen, sondern als eine Art Objekt, etwas, das er benutzen konnte, das keine Würde hatte, sondern rechtlos war und erniedrigt. Und eben auf diese Weise sah mich auch mein Onkel an. Ich bekam immer mehr Angst vor ihm.

Er begann mich in unserer Wohnung in dunkle Ecken zu drängen, er küsste mich auf seine grausliche Art mit der Zunge, nicht wie man ein Kind zu küssen pflegt. Noch heute ist es mir widerlich zu sehen, dass ein Kind von einem Erwachsenen überhaupt auf den Mund geküsst wird, selbst wenn es sich dabei um „ganz normale" Küsse handelt.

Er nahm bei solchen Gelegenheiten manchmal meine Hand und führte sie an eine widerwärtige harte Ausbuchtung vorn an seiner Hose. Wie mich das anekelte, wie mir das Angst einflößte, dieses unanständige und zudringliche Betragen! Ich versuchte, nicht in seiner Nähe zu sein, vor ihm zu flüchten – was schwer war, weil er seinerseits immer in meiner Nähe sein wollte und weil die Eltern, soweit sie überhaupt an mich dachten, überzeugt waren, dass er einfach ein lieber Onkel für mich sei.

An einem Sonntag gingen wir ins Kino. Es lief „My fair Lady", was mir sehr gut gefiel – ich hatte es schon auf Platte gehört. Aber ohne dass ich es im Geringsten verhindern hätte können, setzte sich der Onkel gerade neben mich. Und während des Films, im Dunkel, kroch seine Hand zu mir herüber und tastete sich unter meinen Rock. War das widerlich und beschämend! Ich versuchte wegzurücken, versuchte seine Hand wegzudrängen, aber ich hatte keine Chance. Ich war so aufgepeitscht und wütend, ich hätte sein Gesicht, das so harmlos auf die Leinwand gerichtet war, zerbeißen und zerkratzen mögen. Aber ich war hilflos, konnte einfach nichts dagegen tun.

Wenn das nur einmal gewesen wäre, hätte ich es vergessen können, aber von da an verirrte sich seine Hand bei jeder Gelegenheit unter meinen Rock, sogar wenn wir alle zusammen sonntags um die Kaffeetafel saßen. Er trachtete danach neben mir zu sitzen, nur damit seine zudringliche Hand unter meinen Rock kriechen und dort jene von mir nicht gewünschten Gefühle auslösen konnte.

Es war qualvoll. Oberhalb des Tisches war nichts zu erkennen, der Onkel blickte harmlos in die Runde, nur mir zwinkerte er zu oder leckte kurz seine Unterlippe. Ich war so beschämt, und ich wurde mit meinen Gefühlen nicht fertig.

Und während das so begann und immer weiterging, studierten wir die Bibel.

Eines Abends erzählte uns Frau Ulrich, dass eine andere unser Bibelstudium übernehmen würde. Dabei brach sie für einen kurzen Moment sogar in Tränen aus. Sie zog ein blaugeblümtes Taschentuch hervor, putzte sich damit die Nase, blickte uns mit feuchten Augen an und sagte mit schwankender Stimme: „Jetzt habe ich ein bisschen geweint. Weil ich nicht mehr weiter zu euch kommen kann.".

Sie kam gern zu uns! Ich war bodenlos verwundert. Ich hatte gedacht, sie betrachte ihre Besuche bei uns bloß als lästige Pflicht. Sie hätte uns überhaupt nicht lieb. Und jetzt weinte sie um uns! Es war einfach nicht zu fassen.

Die neue Bibellehrerin hieß Lore Grundmann, und ich hatte sie vom ersten Augenblick an gern. Mir gefiel ihr Vorname. Auch hatte sie ein anziehendes Äußeres. Sie war mittelgroß, etwas rundlich von Gestalt, besaß schöne braune Augen mit goldenen Sprenkeln darin und dunkles Haar, das im Nacken zu einer Rolle hochgesteckt war. Ihre Kleidung hatte ländlichen Stil und saß zierlich an ihrer vollen Figur. Ihr Lächeln war warm und tief, ihre Bewegungen von großer Anmut. Sie besaß sehr weiße, gleichmäßige Zähne. Und die Art, wie sie lebhaft auf Bernd und mich zukam, ließ uns hoffen, dass sie bedeutend frischer und unverkrampfter das Bibelstudium leiten würde als Frau Ulrich.

Wir sollten sie von Anfang an nicht Frau Grundmann nennen, sondern Schwester Grundmann, denn diese Anrede war bei den Zeugen üblich. Sie ging mit uns so lustig und unbefangen um, dass wir bald mit ihr vertraut wurden. Wir verloren unsere Scheu.

Sie machte kleine Spaziergänge mit uns, wobei sie uns ganz zwanglos allerlei Bibelkundiges abprüfte. Sie wusste, was Kinder gern hatten. Hie und da lud sie uns in eine Konditorei ein, wo wir Kakao und Torte bekamen. Sie lehrte uns die Lieder der Gemeinschaft. Sie sang gern und schön, mit einer hellen, klaren Stimme. Sie brachte uns, wenn sie zum Bibelstudium kam, Bonbons oder Bananen mit. Im Winter ging sie mit uns rodeln. Sie kam öfter auch „privat" zu uns, und selbst meine verschlossene Mutter verplauderte gern ein Viertelstündchen mit ihr.

Manchmal machte sie sich über etwas lustig, das mit ihrer „katholischen Zeit" zusammenhing, etwa zu Ostern, das sie schon lange nicht mehr feierte. Sie ahmte eine Ratsche nach und sang: „Wir ratschen, wir ratschen den englischen Gruß, den jeder Christ be-eten muss!", und betonte das Wort „beten" so witzig, dass selbst unsere Mutter mitlachen musste.

Freilich hatte sie ihren früheren Glauben zu dieser Zeit längst hinter sich gelassen. In dieser Tonart sprach sie nur, wenn sie damit nichts wirklich Religiöses meinte. Über das Gedankengut ihrer nunmehrigen Religionsgemeinschaft machte sie sich nie in dieser Weise lustig. Das waren heilige Dinge, da verstand sie keinen Spaß.

Diese heitere und liebenswerte Frau war überraschenderweise eine überzeugte, in der „Wahrheit" fest gefügte Zeugin Jehovas. Da ich sie nun so sehr liebte und sie mein Vorbild war, wurde ich bald selbst aufs Tiefste mit diesem Glauben verbunden. Sie ließ mich nie denken was ich wollte, sondern führte mich immer mit Nachdruck auf die Ideen ihrer Gemeinschaft zurück. Auf diese Weise merkte ich gar nicht, dass sie mich nach und nach einspann in ein Netz von ganz bestimmten Gedanken und Vorstellungen, dass sie mich wie mit Fesseln an die Gemeinschaft band, Fesseln, die ich erst viel später (nach 18 Jahren) unter Qualen und Mühen zu lösen vermochte. Lore Grundmann benützte meine Liebe zu ihr, um mich ganz ihrer religiösen Welt und den Zeugen Jehovas gefügig zu machen.

Ich liebte sie so sehr, dass auch meine Tagträume immer öfter um sie kreisten. Ich träumte, sie sei meine einzige, geliebte Tante. Sie war in diesem Traum noch liebenswerter als in Wirklichkeit, sie verbrachte jede freie Stunde des Tages mit mir, hörte mir zu, spielte mit mir, nahm mich in den Arm. Ich durfte so oft ich wollte bei ihr übernachten (woran ich in Wirklichkeit nicht einmal denken konnte), und dann träumte ich, ich schleppte mich durch die Straßen, matt, verwundet und schon ohne Kraft, und gerade als ich nicht mehr konnte, landete ich genau vor ihrer Wohnungstür und wurde ohnmächtig. Dann lag ich lange Zeit krank und wurde von ihr umsorgt. Ich träumte von den anmutigen Bewegungen, die sie machte und von ihrer hellen Stimme. Sie sang in meinem Traum für mich, sie gab mir die besten Heilsalben und Säfte und ich war bei ihr so vollkommen zu Hause und geborgen, wie ich es in Wirklichkeit nie war…

Diese Tagträume schenkten mir die Liebe, die ich in meinem wirklichen Leben so schmerzlich vermisste. - Aber in Wirklichkeit liebte mich meine verehrte Lore Grundmann überhaupt nicht. Alles, was sie für mich tat, war, mich in die Versammlung zu bringen. Das hielt sie für gut und förderlich. Ich sollte die Gemeinschaft kennen lernen und regelmäßig mit meinem Vater und Bernd zu den Zusammenkünften kommen. Da gab es nicht den geringsten Zweifel: die Gemeinschaft mit anderen Zeugen Jehovas würde mich rundum glücklich machen. Und mir den Halt geben, den ich brauchte.

Der Versammlungsraum war ein kleines, ein bisschen dumpfes Kellerlokal, in dem es leicht nach Büchern und nach Ölofen roch. Es gab altmodische Kinositze aus Holz, ein Klavier, ein Rednerpult und einen Büchertisch. Der Boden war mit einem dunkelgrünen Teppich belegt. Es gefiel mir dort, denn es war sauber und friedlich. Meine Mutter rauchte zu Hause immer ihre Zigaretten, und ohne dass es mir bewusst geworden wäre, war mir der Zigarettengeruch immer auf die Nerven gegangen. In jenem Versammlungsraum aber wurde nicht geraucht. Dort roch es sympathisch.

Die Donnerstag-Zusammenkunft dauerte bis 21 Uhr. Meine Haut war am Schluss schon meistens taub vor Müdigkeit. Kamen wir dann heim und lärmten übermüdet im Treppenhaus herum, mahnte unser Vater flüsternd: „Pssst! Alle Leute schlafen schon!" Heute denke ich mir dazu: und wir Kinder? Wäre es nicht besser gewesen, wir schliefen auch schon?

Wir feierten keine Feste mehr. Die Zeugen glauben nämlich, es beleidige Gott, wenn man seinen eigenen Geburtstag feiert, denn ein solches Fest huldige dem Menschen und nicht Gott. Von Weihnachten und Ostern, den beiden größten Festen der Christenheit behaupteten sie, es lägen ihnen heidnische Bräuche zugrunde.

Die Eier zu Ostern, die Hasen und Küken würden die heidnische Fruchtbarkeitsgöttin Astarte verehren, nicht Jehova. Der Lichterbaum zu Weihnachten komme aus den Zeiten der alten Römer her, die am 25.Dezember die Saturnalien feierten – wahre Christen würden nicht dem Sonnengott huldigen und dabei an den Geburtstag Christi denken. An die Stelle der Feste und der Fröhlichkeit sollte eine milde Freude an der Gottgefälligkeit treten, wir sollten an die Stelle heidnischer Bräuche die „Frucht des Geistes Gottes" setzen, welche eine selbstlose, milde Güte zeitige, die mehr wert sei als alle Feste der Welt.

Kinder können sehr aufopferungsvoll sein. Sobald wir im Alter von neun, zehn Jahren tatsächlich gewahr wurden, dass der eifernde Gott der Zeugen von uns verlangte, keine Feste mehr zu feiern, so wollten wir es auch verwirklichen. Tapfer lehnten wir alles ab. Unseren Großeltern, die uns gern zum Geburtstag oder zu Weihnachten eine Freude gemacht hätten, sagten wir, dass wir keine Geschenke mehr bräuchten und auch auf den Lichterbaum verzichten wollten. Denn die Freude Gott zu gefallen, würde all das reichlich wieder aufwiegen.

Damals kamen unter uns Schulkindern die Trolle auf, diese kleinen, zottigen Gestalten mit den hässlichen Gesichtern. Sie bildeten ein wunderbares Spielzeug, weil man sie kämmen und mit Spangen und Schleifchen schmücken konnte, und am Anfang hatte ich meinen großen, zerzausten Troll sehr gern und verbrachte jede freie Minute mit ihm. Von Mutti bekam ich außerdem – als Belohnung für gute Noten – einen ganz kleinen, winzigen Troll mit scharlachrotem Haar, das in alle Richtungen abstand. Auch er bekam ein Schleifchen und wurde meiner Freundin vorgestellt.

Meine Freundin Lisa und ich spielten fantasievoll mit unserer schnell anwachsenden Trollfamilie. Diese Figürchen weckten so stark die Einbildungskraft, förderten unseren Ideenreichtum. Wir ließen sie miteinander sprechen in einem drolligen Kauderwelsch und fanden heraus, dass sie alle untereinander verwandt waren. Auch Bernd spielte manchmal mit, wenn er auch nicht verstand, was wir Mädchen immer mit diesen Schleifchen, Bändern und Spangen hatten. Aber seine ungeschmückten Trolle hatten auch ihre Berechtigung und trugen wertvoll zu unserem Spiel bei.

Bis einmal meine verehrte Bibellehrerin Lore Grundmann unser Lieblingsspielzeug entdeckte. Sie schrie entsetzt auf: „Das sind ja hässliche, dämonische Figuren – ganz schrecklich, zum Fürchten – die müsst ihr sofort verbrennen!". Es war das erste Mal, dass sie mir nicht gefiel. Was hatte sie gegen unsere lustigen Trolle?

Meine Mutter ärgerte sich sehr über dieses dämonenängstliche Gebaren und versuchte dagegen zu reden: „Damit spielen doch jetzt alle Kinder! Lass´ ihnen doch den Spaß!". Auch Bernd und ich versuchten zunächst, uns zu widersetzen. Aber Lore Grundmann redete uns ernstlich ins Gewissen. Sie stellte uns vor, wie erzürnt Jehova über solches Spielzeug war. Es half nichts, wir durften die Trolle nicht behalten, auch nie mehr mit ihnen spielen. Sie wurden aber nicht verbrannt, sondern an unsere Freunde verschenkt.

Lore Grundmann glaubte – wie alle Zeugen Jehovas – fest und sicher an Dämonen. Dabei berufen sie sich auf Bibelstellen wie Luk. 8,27-34, wo davon berichtet wird, wie Jesus Dämonen austreibt. Die Dämonen waren für die Zeugen etwas sehr Wirkliches, real Existentes. Sie glauben, man könnte durch bestimmte Ansichten und Handlungen die Dämonen herbeirufen wie ein lästiges Übel.

Lore Grundmann zeigte mir im Predigtdienst ein Haus, in dem nach ihrer Aussage eine Frau lebte, die von unreinen Geistern besessen sei. Sie habe mit der Hausinhaberin gesprochen und deutlich ihre Besessenheit gemerkt. Diese sei schmutzig gewesen und habe schlecht gerochen. Als sie – Lore Grundmann – mit der Bibel begonnen habe, sei eine Grimasse des Schmerzes über das sonst so ausdruckslose Gesicht der Besessenen gegangen. Und Lore Grundmann habe einen Hauch bemerkt, der über sie beide hingegangen sei, einen Übelkeit erregenden Gifthauch. Drinnen im Haus sei ein Sturm aufgekommen und eine Tür heftig zugeschlagen. Die alte schwarze Bibel der Besessenen aber sei mitten vor ihre Füße gefallen, wie von Geisterhand dorthin geschleudert. Sie hätte voll Schrecken das Weite gesucht, erzählte Lore Grundmann, und sie zeigte mir die Gänsehaut an ihren Armen. Auch mich überlief es kalt und ich schaute ängstlich auf das betreffende Haus.

Die Zeugen sehen im Kreuz ein Symbol Satans. Es sei der Anfangsbuchstabe des Heidengottes Tammuz, der mit dem Teufel identisch sei. Christus aber sei nicht an einem Kreuz für uns gestorben, sondern an einem einfachen Pfahl ohne Querbalken.

Das Kreuz nun als Symbol Satans übte auf die Zeugen (besonders auf Lore Grundmann) einen unheimlichen, gespenstischen Einfluss aus. Wurde sie im Dienst hereingebeten und kam unter einem Kreuz zu sitzen, das an der Wand eines durchaus christusgläubigen Hausherrn hing, so war sie irritiert und verunsichert, denn sie dachte, an diesem Kreuz hingen unzählige Dämonen. Sie konnte kaum atmen wegen des giftigen Hauches, den sie zu spüren glaubte.

Alte und sichtlich schon abgenützte Gegenstände, besonders solche, die mit „falscher Anbetung" zu tun hatten wie zum Beispiel Rosenkränze oder Heiligenbilder, waren in Lore Grundmanns Augen Heimstätten von Dämonen, an diesen Sachen hingen sie sich fest, behauptete sie. Man müsste so etwas schleunigst wegwerfen oder – noch besser – verbrennen.

Lore Grundmanns Welt war ganz durchsetzt von Dämonengläubigkeit und immerwährenden übersinnlichen Gefahren. Sie hatte größte Mühe, sich davon fernzuhalten. Jede Kirche, ja sogar jedes Bild von einer Kirche flößte ihr mit Angst vermischte Gruselgefühle ein, welche sie auf uns Kinder übertrug.

Gerade damals war in unserer Wohngegend eine moderne, evangelische Kirche aus Beton fertig gestellt worden. Diese Kirche besaß als einzigen Schmuck bunte Glasfenster, die den Innenraum in einen dunklen, mystischen Schimmer tauchten. Wir konnten dort nicht vorbeigehen, ohne die von Lore Grundmann so sehr gefürchteten Dämonen darin zu ahnen. Irgendwie fand ich die bunten Fenster schön. Aber sie bargen womöglich eine übersinnliche Gefahr, man konnte nicht wissen. Es war besser, schnell daran vorbeizugehen und nicht hinzusehen.

Das mit den Trollen war nicht das einzige Mal, dass unsere Bibellehrerin glaubte, an einem Spielzeug etwas Dämonisches zu entdecken. Ein paar Wochen später hatte ich das kleine Glück (das schnell ein Unglück wurde), in der Nähe unseres Hauses im Gebüsch eine nackte, schmutzige Babypuppe zu finden. Ich trug sie voll Freude heim, und Mutti half mir dabei, sie zu säubern und reinlich anzuziehen. Ich betrachtete sie als mein „Findelkind". Vielleicht wurde sie um Mitternacht lebendig und wusste mir dann Dank, dass ich sie aus dem Gebüsch gezogen und mit mir genommen hatte! Ich liebte sie jedenfalls vom ersten Augenblick an sehr, auch wenn sie nicht so gut aussah. Ihr linkes Augenlid hing herab, ihre Wimpern waren verklebt, und von ihrem Köpfchen waren ein paar Schmutzflecken nicht ganz weggegangen. Dennoch war sie kurze Zeit meine Lieblingspuppe.

Kurze Zeit – bis Lore Grundmann sie entdeckte. Ich selbst hatte meiner noch immer Verehrten mein neues Findelkind gezeigt. Ich küsste und knuddelte es, als ich es ihr vorstellte. Mit dem Erfolg, dass diese es angewidert betrachtete und mir dann ernst vor Augen führte, dass alte Gegenstände, die jemand weggeworfen habe, besonders Bilder und Puppen von Dämonen verseucht sein können. Mit anderen Worten, ich würde mit „diesem Fundgegenstand" dämonisches Unheil über die Familie bringen.

Ich brauchte nur Lore Grundmanns mahnenden Blick zu fühlen, schon vergrub ich meine Findelpuppe in der untersten Schublade und sah sie nie mehr an.

Ich spüre noch heute, wie weh mir das im Herzen getan hatte. Ich hatte mich so über meinen Findling gefreut. Ich hatte nicht den geringsten Hauch von Dämonen verspürt. Und trotzdem hatte mir meine Bibellehrerin verboten, mit meiner Puppe zu spielen, die in ihren Augen wohl auf mehr als eine Art schmutzig gewesen war.

Zwanzig Jahre später fand ich die schon halb vergessene Puppe in einer Truhe. Ich nahm sie heraus und wurde sogleich von alten Gefühlen überschwemmt: von meiner Freude, die ich empfand, als ich sie gefunden hatte, von dem jähen Schmerz und der anschließenden Dunkelheit bei Lore Grundmanns Verbot, mit ihr zu spielen. Wortlos und ohne zu fragen hatte ich meinen Findling weg gesperrt, nur um Jehova zu gefallen. Was hatte mir daran derartig wehgetan, dass ich es noch zwanzig Jahre später spürte? Wollte Jehova, dieser zornige Gott, dass alles immer noch öder, trauriger und liebeleerer wurde? Ich hätte mich gerne gewehrt. Ich konnte es nicht.

3.

Als ich gerade elf geworden war, führte mich Lore Grundmann in den Predigtdienst ein.

Es ist dies jene den Zeugen so überaus wichtige Tätigkeit, bei der sie von Haus zu Haus, von Tür zu Tür die Menschen in ihrem Privatbereich aufsuchen, um ihnen „die gute Botschaft zu verkündigen". Diese Botschaft lautete, dass Gott in Kürze ein Strafgericht über die Menschen bringen werde, um danach ein tausendjähriges Paradies auf Erden zu errichten. Um dieses Paradies drehte sich alles. Um dieses kommenden Paradieses willen mussten die Zeugen ständig studieren, beten, von Haus zu Haus gehen und predigen.

Sie nehmen ihren vermeintlichen Auftrag sehr ernst. Sie sprechen davon, dass sie „Blutschuld" auf sich laden würden, wenn sie die Menschen nicht warnten.

Außerdem sehen sie in einer Bibelstelle, aus der in Wirklichkeit kein Auftrag zum Predigtdienst hergeleitet werden kann, eine dringende Weisung Jesu: „Und diese gute Botschaft vom Königreich wird auf der ganzen bewohnten Erde gepredigt werden, allen Nationen zu einem Zeugnis, und dann wird das Ende kommen.". (Mat.24,14)

Die Zeugen waren bereit, sich an den Türen beschimpfen, bemitleiden oder verspotten zu lassen, nur um ihres Auftrags willen. Ich mit meinen elf Jahren hörte nie etwas anderes, als dass unser Predigtdienst das Wichtigste überhaupt sei. Ich hatte Angst davor. Die wildfremden Menschen an den Türen flößten mir Unbehagen ein, selbst wenn sie meistens nicht einmal so unfreundlich waren. Ich kam mir furchtbar zudringlich vor.

Die Menschen, die wir antrafen, waren gerade mit allem Möglichen beschäftigt und warfen uns meist die Tür vor der Nase zu mit den Worten: „Keine Zeit!" oder „Kein Interesse!". Es war, als würden wir sie belästigen. Und so empfand ich es auch. Ich hasste es, so aufdringlich zu sein. Ich tat es nur, weil die Zeugen fortwährend betonten, wie sehr Jehova dieses „gute Botschaft Verkündigen" doch wünschte. Ich mühte mich ab, aber ich mochte den Dienst nicht, auch später, als ich älter wurde, nicht.

Wenn wir an die Türen klopften, Lore Grundmann und ich, so wünschte ich immer, es möge uns niemand öffnen, niemand zu Hause sein. Auch wenn die meisten Menschen neutral waren und uns wenigstens nicht beschimpften. Manchmal waren sie sogar freundlich und fragten mich, ob ich etwas trinken wollte. Einmal trafen wir eine Psychologin an, die mich anschaute und betroffen sagte: „Aber das Kind kriegt ja schreckliche Frustrationen dabei!".

Ich wusste nicht, was Frustrationen waren, aber innerlich freute ich mich, dass jemand verstand, wie schwer es mir fiel predigen zu gehen. Und dass es so enttäuschend war.

Wie auch die einzige religiöse Feier der Zeugen Jehovas so furchtbar enttäuschend war.

Jesus hatte vor seinem Opfertod das „Gedächtnismahl" eingesetzt, das in 1.Kor.11,24-26 beschrieben ist. Und er sagte: „Tut dies immer wieder zur Erinnerung an mich."

Diese einmal jährlich stattfindende Feier (am 14. Nisan, dem ersten Vollmond im Frühling) verlief unsagbar öde: ein Lied wurde gesungen, ein Gebet gesprochen, unser „Geistgesalbter" hielt den Vortrag, die „Symbole" Brot und Wein wurden herumgereicht, ohne dass man davon nehmen durfte, noch ein Lied, noch ein Gebet. Das war alles.

Kein Reichtum eines festlichen Erlebens, keine feierlichen Rituale, kein Orgelklang, keine Erhabenheit. Öd und langweilig das ganze Fest. Es wäre zum Weinen gewesen, wenn es nicht derartig uninteressant angemutet hätte – man schlief ja ein dabei.

Die Kongresse habe ich als besonders anstrengend in Erinnerung. Zwei kleine und ein großer Kongress im Jahr wurden abgehalten, und alle waren verpflichtet, sie zu besuchen.

Durch diese Kongresse wurde das Gemeinschaftsgefühl, das alle so glücklich machte, tatsächlich stark gefördert. Wir waren wirklich Brüder und Schwestern, und wir erlebten mit Begeisterung, dass wir zu den Auserwählten gehörten, die niemals sterben mussten, sondern bald für tausend Jahre ohne Schmerz und Tod im irdischen Paradies leben würden.

Bei nüchterner Betrachtung ist dieser Glaube naiv und weltfremd. Niemals sterben müssen, tausend Jahre leben – daran glaubten die Zeugen allen Ernstes. Und wir Kinder sahen nicht, wie unwirklich diese Erwartung war. Das brüderliche Einheitsgefühl überdeckte jede Vernunft.

Auf der anderen Seite war es unglaublich öd, im glutheißen Stadion zu sitzen, stundenlang der prallen Sonne ausgesetzt – so lange auf seinem Hinterteil stillsitzen zu müssen, bis dieses einem richtig weh zu tun begann – endlose biblische Abhandlungen anhören zu müssen, die so langweilig waren und so unverständlich. Und nur die Lieder lockerten alles ein wenig auf.

Für Bernd und mich wurden die Kongresse dadurch besonders drückend, dass meine Mutter dort nicht rauchen durfte und infolge dessen immer nervöser und reizbarer wurde. Zum Beispiel auf dem internationalen Kongress in Nürnberg. Ich glaube, das war 1969, ich war gerade elf. Es war heiß und langweilig. Das Stadion vollkommen überfüllt. Außerdem hatte ich gerade einen durch einen Wespenstich geschwollenen Fuß und humpelte stark.

Meine Mutter wurde immer fahriger und gereizter. Am Ende des Tages stöhnte sie nur noch. Wir machten uns auf den Heimweg. Meine Mutter streckte mir zur Stütze die Hand entgegen. Ich sah es aber nicht, weil ich unglücklich zu Boden schaute. Auf einmal fuhr sie mich an: „Hatsch ´rüber da endlich!". Sie war sich dessen nicht bewusst, aber sie wirkte ungefähr so einladend wie ein Dynamit-Sprengsatz, dessen Lunte brennt.

Auf einem anderen Kongress wurde die Situation noch verschärft, weil mein Vater einer anderen Frau sichtlich den Hof machte. Meine Mutter drehte völlig durch. Sie rannte davon, kehrte irgendwann erhitzt und äußerst verzweifelt wieder, sie hatte ganz kranke Augen und war völlig unansprechbar.

In der Pause standen wir bedrückt mit einer Saftflasche beisammen, als meine Mutter zu beben und zu schluchzen begann. Eine wildfremde Frau, die das sah, fuhr wütend auf Bernd und mich los, als wäre das unsere Schuld. Ohne uns zu verteidigen, rannte meine Mutter davon.

Ich hatte einen solchen Schock, dass mir in der Gluthitze des Sommertages plötzlich so kalt wurde, dass ich zitterte und meine Zähne klapperten. Keiner kümmerte sich um mich.

Mein Vater hatte sich inzwischen taufen lassen und war tief in seinen Glauben eingetaucht. Er verstand keinen Spaß, wenn es um sein religiöses Empfinden ging (oder um das, was er dafür hielt).

Eines Sonntags waren unsere Großeltern bei uns zu Besuch. Es war ein unbeschwerter Nachmittag. Bernd und ich waren ausgelassen und alberten herum, boxten einander und wurden in unserem Übermut ein wenig laut. Mein Vater versuchte gerade, seine Eltern von seinem neuen Glauben zu überzeugen. Wie glücklich er sei, „Jehova, dem wahren Gott, dienen zu dürfen". Dass die Zusammenkünfte eine „Auferbauung" seien und alles, was mit der Versammlung zusammenhing, „eine Segnung Jehovas". Dabei warf er wütende Blicke auf uns zwei Kinder, die wir unbefangen herumtollten. Sein Gesicht lief allmählich rot an, während er weiter von „den künftigen Segnungen im Paradies" faselte, für das er gerne predigen wolle „wie es in Mat. 24,14 steht".

Er redete vom Paradies, aber seine Haltung wurde immer drohender. Er schoss mit Blicken nach uns. Ich war verwundert. Was machte ihn so wütend? Was war falsch daran, an einem Sonntagnachmittag ausgelassen und fröhlich zu sein? Wir taten doch alles für Jehova und dienten ihm – aber sollten wir überhaupt keinen Spaß mehr haben?

Als seine Eltern gegangen waren, fuhr er unverzüglich auf uns los mit einer Wut, die in keinem Verhältnis zu dem stand, was wir „verbrochen" hatten. Mit rotem Gesicht und hasserfüllter Miene schrie er gut eine Viertelstunde auf uns ein. „So was wollen Zeugen Jehovas sein! Schaut sie euch an!", tobte er. – Ich war ganz erschrocken, denn ich war mir keiner Schuld bewusst. Ich war fröhlicher als sonst gewesen an diesem Nachmittag, und mein Leben erschien mir nicht mehr so trist. Was hatten wir getan, um ihn so wütend zu machen? Bernd und ich weinten beide fassungslos und kamen uns abgrundschlecht vor.

An diesem Abend im Bett hatte ich das Gefühl, ein ganz böses Mädchen zu sein. Mein „Einschlaf-Traum" blieb mir heute versagt. Sonst hatte ich gerne geträumt, dass Lore Grundmann mit mir und meinem Bruder weit durch die Welt fuhr. Wir hatten alles, was wir zum Leben brauchten, in unserem gläsernen Pferdewagen und fuhren weiter und weiter, ohne Ziel. Das beruhigte mich, und ich konnte besser einschlafen. Aber seit jenem Abend kehrte dieser Traum nie wieder.

Dann kam eine Zeit, in der ich spürte, dass ich meine verehrte große Freundin verlor. Sie erlebte eine traurige Liebesgeschichte und wurde letztlich samt ihrem Mann versetzt – sie arbeiteten beide im „Bethel", dem Vereins- und Verlagshaus der „Wachtturm-Gesellschaft" in Wien.

Sie war gewiss schon mehr als zehn Jahre lang verheiratet mit diesem älteren, etwas sauertöpfischen Mann, - unserem „Geistgesalbten" -, der ein Missionar war, ein getreuer „Bethel" –Mitarbeiter, ein Mann ohne Humor mit einem schütteren grauen Haarkranz und einem Bauchansatz. An seiner Seite dürfte sich diese heitere und lebenslustige Frau zunehmend gelangweilt haben.

Dann wurde ein anderer Mann in eben dieses „Bethel" versetzt, ein lebhafter, schlanker Mann mit schwarzem Haar und einer Menge verrückter Ideen im Kopf. Er hieß Franz Leupold, er lernte Lore Grundmann kennen, und die beiden verliebten sich ebenso leidenschaftlich wie hoffnungslos ineinander.

Es dürfte ihr wohl nicht eingefallen sein, den langjährigen Ehepartner so zu enttäuschen und einfach zu sagen, bei dem anderen, da gefällt es mir besser, ich gehe, lebe wohl. So einfach war es denn doch nicht.

Eine Scheidung bedeutet schon in der Welt eine lang sich hinziehende, schwierige und unerfreuliche Sache. Wie viel mehr für Zeugen Jehovas. Der einzige biblische (und damit gültige) Scheidungsgrund ist für die Zeugen der Ehebruch. Hätte also Lore Grundmann tatsächlich die Ehe gebrochen und hätte es nachher nicht bereut, so wären sie und ihr Geliebter ausgeschlossen worden und der beleidigte Ehemann hätte wieder heiraten dürfen.

Ausgeschlossen werden wollte sie nicht. Um keinen Preis. Aber ihre Liebe zu Franz Leupold war ganz intensiv und leidenschaftlich und brachte ihr, so unlösbar, so von allen Seiten verunmöglicht, ein paar heillose Wochen ein.

Sie trafen sich oft bei uns, wenn Lore Grundmann kam, um mit uns die Bibel zu studieren. Ich kriegte anfangs gar nicht mit, dass sie einander liebten, ich merkte nur, sie waren beide so glücklich und lachlustig und nahmen uns auf kleine Ausflüge mit oder sie gingen mit uns rodeln, wenn genug Schnee lag. Sie waren fröhlich und ausgelassen und verstanden sich wunderbar. Sie nutzten die Zeit mit uns aus, denn solange sie uns Kinder dabeihatten, konnte ihnen nichts nachgesagt werden.

Bis Lore Grundmanns Ehemann Verdacht schöpfte. Nach einer Bibelstunde – die zwei waren bereits weggegangen – rief er bei uns an und fragte meine Mutter, ob sie da gewesen und gemeinsam weggegangen wären. Das waren sie – er verlangte dringend zu wissen, welchen Weg sie genommen hätten. Meine Mutter, die Mitleid hatte mit den beiden, gab einen anderen Weg an als den, den sie tatsächlich genommen hatten. Aber es nützte nichts. Lore Grundmanns Ehemann kam dahinter, wurde sehr ärgerlich und setzte seiner Frau auseinander, was sie zu gewärtigen hätte, wenn sie dieses Spiel noch länger triebe. Nämlich nicht nur die Scheidung, sondern selbstverständlich auch den Ausschluss, und Lore Grundmann war doch mit Leib und Seele Zeugin Jehovas!

Also gab es nur eines: die sofortige Trennung von ihrem Geliebten und reuiges Zurückkehren sowie zukünftiges Stillhalten bei ihrem ungeliebten Ehemann.

An einem Samstagnachmittag holte sie mich zum Predigtdienst ab. Sie war in Tränen aufgelöst. Sie hielt sich noch ein wenig bei uns im Wohnzimmer auf, bevor sie fremde Leute besuchen musste, und sie sprach die ganze Zeit nur von der Trennung, die ihr so weh tat, und dass Franz Leupold sich bereits aufs Land hinaus hatte versetzen lassen. Sie würde ihn nie wieder sehen, schluchzte sie.

Schließlich verließen Lore Grundmann und ich Hand in Hand die Wohnung, um einen Besuch bei einer interessierten Dame zu machen, die uns schon ein bisschen kannte – denn von Tür zu Tür gehen traute sich meine große Freundin in ihrem angeschlagenen Zustand nicht.

Bei der Interessierten angekommen, ging sie in ihrer anmutigen Art sofort auf ein winziges Schränkchen zu und sagte unter Tränen: „In so ein Kästchen müsste man mich sperren, damit ich nicht doch noch…". Sie verschluckte die letzten Worte.

Ich stand dabei und sie tat mir von Herzen Leid. Ich war erst elf Jahre alt, aber ich spürte, wie die Leidenschaft sie quälte, wie sie sich vor Liebe zu ihrem verlorenen Freund kaum zu fassen wusste. Sie musste auf ihr Glück verzichten, sonst hätte sie die Gemeinschaft verloren, die ihr alles bedeutete. Und dieser Konflikt brachte sie fast um. Ich sah es und wusste keinen Rat, so gerne ich geholfen hätte – ich war ja nur ein Kind.

Ich habe Lore Grundmann bald nach dieser Episode aus den Augen verloren. Sie zog mit ihrem Mann in eine andere Stadt, ob aufgrund ihres Beinahe-Ehebruchs oder aus anderen Gründen, habe ich nie erfahren. Aber vergessen habe ich sie nie. Ich besitze ein Foto, auf dem eine große Gruppe unserer Gemeinschaft abgebildet ist. Da steht sie am Rand, in einem dunkelroten Trachtenkleid, und lächelt auf ihre unnachahmliche Art.

Ich habe viel von ihr gelernt. Ich werde oft an sie erinnert. Bei manchen Bibelstellen muss ich an sie denken, bei vielen Liedern höre ich noch ihre Stimme. Ich sehe noch immer ihr schönes, von Tränen überronnenes Gesicht, als sie auf ihren Geliebten verzichten musste. Sie war die einzige Erwachsene, die ich uneingeschränkt lieben konnte, bei der ich mich wie „ich selbst" fühlte. Leider verschwand sie aus meinem Leben, gerade als ich sie am meisten gebraucht hätte. Denn mit zwölf begannen mir meine Schwierigkeiten über den Kopf zu wachsen.

4.

Mit gerade zwölf Jahren waren mir schon Bibelstellen bekannt, deren Bedeutung ich nur erahnen konnte. Die Bibel erlaubte keinen unsittlichen Wandel, wurden wir belehrt, und die Bibelstelle dazu, 1.Thess.4,3-8 besagte eindeutig, dass wir „von unserem Körper in Heiligung und Ehre Besitz ergreifen" sollten, – was ich sofort in Beziehung setzte mit dem, was mir von meinem Onkel zugemutet wurde. Also Heiligung und Ehre war das mir Aufgezwungene bestimmt nicht.

Und im Vers 5 wurden die „gierigen sexuellen Gelüste" angeprangert, und was anderes war das, was ich spürte, wenn mein Onkel Gustav mich an der geheimsten Stelle meines Körpers berührte? Heiligung – das Wort erschien mir so schön, aber ich, ich war ganz bestimmt nicht heilig bei dem, was zwischen mir und meinem Onkel ablief.

Ich wollte es nicht, ich wehrte es ab, aber irgendwie schien ich selbst schuld daran zu sein. Es war mein Körper, der meinen Onkel veranlasste, so unheilig mit mir umzugehen. Was war ich denn? Ja, ich war erst zwölf Jahre alt, aber das Wort „Hurerei" tauchte so oft in den Zeugen-Schriften auf, dass ich es kannte und mir ungefähr ausmalen konnte, was es bedeutete. Nichts Gutes.

Meine Kinderseele wurde auf einmal von lustbetonter Wut überflutet. Ich musste beißen, stechen, wehtun. Manche meiner Puppen wurden grob gepackt, ihre Glieder verrenkt, sie wurden mit spitzen Gegenständen gestochen, ihre Hände wurden so zerbissen, dass sie gar nicht mehr als solche zu erkennen waren. Ich malte den Puppen mit Spucke Tränen aufs Gesicht und freute mich wie rasend, dass sie unter mir litten. All das begleitet von einer Art haltlosem, sexuellem Rausch.

So, dachte ich mir später dazu, so entstünden wohl die Sexualmorde. Gesetzt den Fall, ich wäre kein knapp zwölfjähriges Mädchen, sondern ein erwachsener Mann, gesetzt weiter, dieser Mann wäre in seiner Kindheit so wie ich psychisch und sexuell misshandelt worden, so fehlte nicht mehr viel und er nähme ein lebendiges kleines Mädchen und quälte und ermordete es wie ich meine Puppen.

Eine Woche oder etwas länger dauerte dieser Rausch, dann ebbte er ab. Ich hatte alles so heimlich getan, dass niemandem irgendetwas aufgefallen war. Nur ganz zuletzt sah mich mein Vater. Und es war, als zeigte ich ihm wie in einem Spiegel: das, was ich mit dieser Puppe mache, hast zuerst du mit mir gemacht. Es war ein seltsamer Augenblick, er blitzte auf, und schon war er vorüber.

Ja, dieser Vater hatte mir wehgetan. Wie weh, das kam mir erst so nach und nach ins Bewusstsein.

Mein Vater konnte stolz sein, zwei Kinder zu haben, die gesittet Hand in Hand zur Versammlung gehen konnten, wohlerzogen dasaßen, auf Fragen wie: „Zu welchem besonderen Zweck sind die Glieder der wahren Kirche berufen worden?" die Hand hoben und wie am Schnürchen die Antwort gaben: „Um mit Christus in seinem himmlischen Königreich zu regieren.", (oder irgendeine andere, vertrackte Frage-Antwort). Ganz, wie er sie haben wollte.

Darunter brodelte die andere Welt. Die Welt der Abgründe, der dunklen Fantasien. Und es war keiner da, der mir geholfen hätte.

Im Inneren stellte ich mir vor, wie jenes durch und durch gute Mädchen aus meinen Träumen, Annina, die mit den Tieren reden konnte und alle armen Menschen liebte, plötzlich einem Onkel übergeben wurde, der es zu vernichten trachtete. Zwischen ihnen entstand eine Beziehung der Liebe und Grausamkeit.

Und ich erlebte, während ich träumend an meinem Tisch saß oder aus dem Fenster schaute oder spazieren ging, in vielen Variationen immer wieder die Wut dieses Onkels und seine unglaubliche Brutalität. Ich sah und fühlte, während meine Wangen heiß wurden und mein Herz klopfte, in vielen Abwandlungen immer wieder folgende Geschichte:

Annina wusste, dass sie spät dran war. Sie hatte noch ein paar Minuten mit ihrer Freundin reden müssen über eine Ungerechtigkeit, die in der Klasse passiert war. Nun eilte sie, so schnell sie konnte, nach Hause. Sie wusste, der Onkel würde böse sein. Er achtete streng auf ihre Pünktlichkeit.

Endlich war sie daheim angekommen und klopfte an. Im Magen lag ihr ein schweres Gefühl der Furcht. Sie kam zu spät. Sie wollte sich gern entschuldigen, aber das würde nichts nützen.

Der Onkel öffnete ihr mit einem zornigen Ausdruck im Gesicht die Tür. Seine ganze Haltung verriet seine Wut. Er packte sie am Arm und schleuderte sie mit einem Ruck gegen den Küchenherd. „Jetzt kommst du?!" schrie er, „jetzt, jetzt, jetzt?!", und bei jedem „jetzt" schleuderte er sie hin und her. Kaum vermochte sie ihre Entschuldigung zu stammeln, schon schlug er wieder zu, und noch einmal, und wieder. Ihr Körper wurde hin- und her geworfen, sie wimmerte nur noch, Tränen stürzten dick und schwer aus ihren Augen. Während er weiter auf sie einschlug, versuchte sie zu flüchten. Es half nichts. Sie hob die Arme, um sich zu schützen. Aber wie immer sie sich drehte, was immer sie auch versuchte, die Schläge trafen sicher und hart, durch die ganze große Wohnküche hin wurde sie geschleudert.

Schließlich stürzte sie in der Ecke, wo das Bett stand, zu Boden. Ihre Hände umklammerten die Eisenstäbe, sie schluchzte atemlos. Der Onkel stand keuchend über ihr, er öffnete seinen Gürtel, zog ihn durch die Schlaufen und nahm die Enden fest in die Hand. Annina sah es voll Angst. Sie konnte nicht flüchten, eingeklemmt zwischen dem Bett, der Wand und dem massigen Körper des Onkels.

Mit dem Gürtel bekam sie Schläge, bis sie einer Ohnmacht nahe war. Sie lag am Boden, wimmernd und ganz zerbrochen. Sie hörte den Onkel ein paar Schimpfwort sagen, hörte, wie er den Gürtel auf den Tisch warf und hinausging. Was hatte sie nur getan, um so eine Strafe zu verdienen? Sie war immer nett und freundlich zu ihm gewesen, sie wusste sich keine Erklärung.

Niemand merkte mir was an, wenn ich innerlich bei Annina war. Ich war nicht einmal arg geistesabwesend. Träumend und dennoch irgendwie aufmerksam saß ich in der Schule, in der Versammlung, lehnte am Fenster. In mir wüteten die Bilder, die mir all die Erwachsenen ringsum in die Seele gesetzt hatten. Bilder von Schmerz und Ohnmacht.

Ich weinte damals viel. Ich weinte abends nach der Versammlung vor Überanstrengung, und ich weinte zu Hause, wenn die Eltern stritten. Oder ich weinte schlicht und einfach, weil ich müde war und mich schrecklich fühlte. Meine Mutter reagierte ungeduldig auf mein Weinen und sagte genervt: „Was hat sie denn schon wieder!", und mein Vater nannte mich Heulsuse und fand mich wehleidig. Dennoch, und es ist eine von seinen wenigen liebevollen Gesten, die ich an einer Hand abzählen kann: er ging mit mir zum Arzt und erklärte diesem, ich hätte schlimme Erschöpfungszustände. Ich bekam vom Doktor ein Stärkungsmittel verschrieben und durfte wieder heimgehen. Es half mir ein klein wenig, kräftigte mich – aber eine Befreiung oder ein Loskommen von dem, was mich belastete, wurde mir nicht verordnet.

Damals begann auch mein Bruder, Schwierigkeiten zu bekommen. Er begann zu stottern und seine Nägel ganz kurz abzukauen. Manchmal schrie er im Schlaf oder er nässte das Bett.

Das Stottern war so auffällig, dass meine Eltern miteinander berieten, wie sie dagegen angehen sollten – obwohl sie sonst nie sehr einig waren. Als aber Bernd von einem Tag zum anderen nicht mehr richtig sprechen konnte, war das doch ein Alarmzeichen für sie. Selbst meine depressive Mutter wachte darüber auf.

Die Eltern kamen überein, ihn zu einer Sprachtherapeutin zu schicken. Aber es sollte lange dauern, bis Bernd wieder einigermaßen fließend reden konnte.

Letztlich waren es die immer heftiger werdenden Streitereien zwischen unseren Eltern, gepaart mit dem Druck der Religionsgemeinschaft (man stelle sich vor, wir mussten die ganze Strecke zum Versammlungslokal zu Fuß zurücklegen, eine ganze Stunde wandern, dort zwei Stunden sitzen und zuhören, wieder eine Stunde zu Fuß heimgehen, bis wir uns nach zweiundzwanzig Uhr todmüde schlafen legen konnten) es war dieser ganze ungeheure Druck, der Bernd schließlich ebenso fertig machte wie mich. Wir waren beide völlig ausgelaugt. Wir hätten Hilfe gebraucht, Unterstützung, um wieder stärker und fröhlicher zu werden. Aber uns wurde keine Hilfe geboten, am wenigsten von den Zeugen Jehovas.

Dafür mischten sie sich in andere Angelegenheiten ein, die sie im Grunde nichts angingen.

Meine Mutter war immer Raucherin gewesen. Mein Vater rauchte auch, aber nicht so stark. Das Rauchen galt bis dahin unter den Zeugen als verpönt, aber es war nicht richtig verboten. Bis die leitende Körperschaft in New York ein Rundschreiben herausgab, worin das Rauchen unter anderem als „Götzendienst" bezeichnet wurde (denn es dient dem Menschen, der den Tabak genießt, also nicht Gott, sondern einem „Götzen") und ab sofort sollten Zeugen, die sich das Rauchen nicht abgewöhnen wollten, aus der Gemeinschaft ausgeschlossen werden.

53

Mein Vater, der mit ganzer Seele Zeuge Jehovas war, sperrte sich für eine Woche im Schlafzimmer ein, wo er sich das Rauchen mit Gewalt abgewöhnte (und dabei wohl die Wände hoch ging), aber meine Mutter, die damals auch schon getaufte Zeugin Jehovas war, schaffte den Rauchentzug in keiner Weise. Sie versuchte es ehrlich, aber sie war nie diese überzeugte Zeugin Jehovas gewesen, wie mein Vater es war. Und sie liebte ihre Zigaretten so sehr. Wenn sie rauchen konnte, war sie glücklich. Andererseits war der Ausschluss etwas, das sie natürlich gern vermieden hätte. Er galt in der Gemeinschaft als ziemliche Schande. Also machte sie einen ernsthaften Versuch, das Rauchen aufzugeben.

Sie hatte es gerade drei Tage ohne Zigaretten durchgehalten, als der (ansonsten sehr nette) Älteste namens Reinhard Kirsch, ein ruhiger Familienvater, schwarzhaarig und mit ehrlichen braunen Augen, zu uns nach Hause kontrollieren kam. Er trat ein und schnüffelte wie ein Hund, ob er etwa Rauchgeruch wahrnehmen könne.

Meine Mutter, deren Nerven sowieso schon angegriffen waren, registriert es voller Empörung. Und sofort, nachdem Kirsch gegangen war, setzte sie sich hin und steckte sich fahrig eine Zigarette an. Ihre ganze, ohnedies nicht sehr starke Motivation war dahin. Sie ärgerte sich. Sie würde sich nicht solchen Leuten zuliebe derart kasteien. Sie würde wieder das tun, was ihr wirklich gut tat, nämlich rauchen!

Ein paar Wochen später wurde ihr Gemeinschaftsentzug ausgesprochen. Kein Zeuge Jehovas durfte jetzt noch mit ihr reden oder sie auch nur grüßen.

Ich habe später einen Artikel im „Wachtturm" gelesen, wo eine Abhandlung über den Gemeinschaftsentzug erschienen war. Da stand, dass sogar die Kinder einer ausgeschlossenen Person den Umgang mit der Sünderin tunlichst auf ein Mindestmaß beschränken sollten. Denn in Spr.3,7 heißt es: „Fürchte Jehova und weiche vom Bösen".

Das war aber stark. Ich sollte nicht mehr mit meiner Mutter reden, sie nicht mehr lieben, nur weil ihr aus einem so nichtigen Grund wie ihrer Nikotinsucht die Gemeinschaft entzogen worden war? Das fand ich denn doch übertrieben.

Die Zeugen halfen uns in keiner Weise. Sie mischten sich nur in Belange ein, die sie nichts angingen. Sie hätten uns lieber Hilfe anbieten sollen, die hätten wir – im Besonderen ich – dringend gebraucht.

Denn das mit der sexuellen Belästigung durch meinen Onkel ging die ganze Zeit so weiter. Onkel Gustav nützte jede Gelegenheit aus. Aber ich wurde mit der Zeit auch gewitzter und konnte manchmal entwischen.

Ich hatte das Gefühl, jeder in der Familie wisse davon. Mein Bruder sah ja praktisch zu, wenn der Onkel mich auf seinen Schoß zog und mit Hingabe meine Ohren und meinen Hals ablutschte. Es war so ein blödes Gefühl, das ich nicht mochte. Ich wusste nie, warum er derart ekelhafte Dinge tat.

Meine Mutter kriegte nichts mit. Sie hielt sich in einem anderen Raum (nämlich in unserer Wohnküche) auf, wenn der Onkel bei uns war. Also konnte sie mich nicht schützen.

Aber von meines Vaters Seite konnte ich schon gar nicht mit Schutz rechnen. Er ging ja eben so erniedrigend-sexuell mit unserer Mutter um wie der Onkel mit mir. Manchmal sagte Onkel Gustav ganz ungeniert etwas Anzügliches oder Gemeines zu mir, und dann grinste mein Vater dreckig über sein ganzes Gesicht. Ich dachte an den Sonntag, wo er unser harmloses Herumalbern so streng verurteilt hatte und ärgerte mich über ihn. Trotzdem fühlte ich mich schlecht und schuldig.

Mein Vater hatte inzwischen unser Kinder-Buchstudium übernommen. Es ging ihm nicht allein darum, dass wir die Fragen im Buch richtig beantworteten. Es ging ihm vor allem um unser Denken und Fühlen. Denn durch die „Erbsünde" waren wir Menschen von vornherein verurteilt – egal, wie viel Mühe wir uns gaben. (Und seinen Kindern traute er von vornherein nicht zu, sich besondere Mühe zu geben, gute Menschen zu werden).

Eine für die Zeugen wichtige Bibelstelle ist Röm.3,23: „Denn alle haben gesündigt und erreichen nicht die Herrlichkeit Gottes." Ich sehe noch immer das Bild von dem Redner auf der Bühne mit erhobenem Zeigefinger: „Bist nicht vielleicht du schon ein größerer Sünder, als du vielleicht glaubst?".

Dann schlugen wir Joh.3,8 nach, wo es heißt: „Wer fortgesetzt Sünde begeht, stammt vom Teufel.". Und der Redner auf der Bühne deutete beschuldigend ins Publikum und betonte, wie leicht es doch geschah, dass der Mensch fortgesetzt sündigte, ohne es recht zu bemerken. „Das stammt vom Teufel!".

Das Schlimme war, dass niemand von uns sicher wusste, dass er nicht wirklich gesündigt hatte. Zumindest ich dachte in meinem Herzen: „Wie soll ich wissen, ob ich nicht schon innerlich dem Teufel verfallen bin?". Woran merkte man so etwas? Ich war schrecklich unsicher.

Ich hatte ständig ein schlechtes Gewissen. Mit meinen zwölf Jahren hatte ich das Gefühl, schuld an allem zu sein: schuld an der Freudlosigkeit meiner Mutter, an den Gemeinheiten meines Vaters, an den unheiligen Handlungen, die mein Onkel Gustav an mir beging, und schließlich schuld am Tod sehr vieler Menschen, wenn ich ihnen nicht predigen wollte, um sie zu retten.

Ich war schlecht. Es hatte keinen Sinn, wenn die Bibel ständig mahnte, ich solle „ein gutes Gewissen bewahren", denn meines war schlecht. Ich fühlte bis in die letzten Tiefen meiner Seele, wie schuldig ich war, und ich war verzweifelt darüber und wusste, dass Jehova Gott unwillig auf mich hernieder sah und mir vorwarf, nicht genug zu tun, um ein reines Gewissen bewahren zu können.

Wenn ich in dieser Zeit still für mich zu Jehova betete, war ich immer unglücklich und verkrampft und bat ihn, mich nicht zu verurteilen. Ich strengte mich an, besser zu werden, aber wann immer ich irgendetwas tat, was den Unmut meiner Mutter hervorrief, dann wusste ich, dass ich schlecht war. Und meinem Vater irgendetwas recht machen zu wollen, war überhaupt ein sinnloses Unterfangen. Ich hätte ein Genie sein können, und er

57

hätte mich trotzdem verachtet. Ich war ein Nichts in seinen Augen. Und nie konnte ich gut genug sein.

Was diese Zeit umso mehr erschwerte, war, dass unsere Eltern immer heftiger stritten. Mein Vater war immer unfair mit Schwächeren umgegangen, ihm stieg seine Religion zu Kopf, und er ging auf meine Mutter los, die ja ausgeschlossen war – was noch Öl auf sein Feuer goss.

Er lief mit der Bibel in der Hand ständig hinter ihr her, um ihr zu zeigen, was sie falsch machte. Rechthaberisch und penetrant hielt er ihr den betreffenden Bibelvers unter die Nase. Sie fauchte ihn genervt an. Und so begann meistens ein Streit, der immer heftiger wurde. Sie stritten laut, derart gereizt und so emotional, dass mich die Angst packte. Ich wurde panisch vor Schrecken, konnte nicht mehr denken. Das Entsetzen schlug über mir zusammen.

Oft ging es so vor sich: Mein Vater beschwerte sich anhand von Bibelstellen, dass meine Mutter nicht respekt- und liebevoll genug mit ihm umging. Meine Mutter wurde daraufhin unheimlich wütend und brüllte hitzig zurück. Mein Vater, der sehr korpulent war, drang körperlich drohend auf sie ein. Sie schüttete ihm ihren heißen Tee ins Gesicht. Sie kriegten sich in die Haare und kreischten gellend. Ich war in meinem Kinderzimmer, hielt mir die Ohren zu und hatte furchtbare Angst. Was sich da draußen in der Wohnküche abspielte, klang nach Mord und Totschlag. Und das Ganze auch noch abends.

Ich war oft so heftig erschrocken, dass ich die ganze Nacht mit meinen Nerven kämpfte und mich fiebrig und unruhig in meinem Bett herumwarf. Bernd seinerseits schlief ruhiger. Er war phlegmatischer. Aber auch er litt unter dem Ganzen.

Das ging lange Zeit so weiter, wurde nie besser, und ich weiß noch, dass ich nach solch einer Nacht auf dem Weg zur Schule dachte, ich müsse mich jetzt zu Boden werfen, flehen und schreien und mich in meiner Verzweiflung so lange wälzen, bis Hilfe kam.

Aber es kam keine Hilfe. Nicht von außen und nicht aus den Reihen der Zeugen Jehovas.

5.

Dann eines Tages - ich war in meinem zwölften Jahr - bekam ich meine erste Menstruation.

Ich hatte irgendwie schon darauf gewartet. In unserer Klasse hatten die Mädchen schon länger davon gesprochen. Ich wusste, dass es kommen würde. Meine Mutter hatte mir vor einiger Zeit ein medizinisches Aufklärungsbuch gegeben, da hatte ich mich gründlich informiert. Aber als es dann plötzlich kam, erschrak ich trotzdem.

Ich war aufgewacht und hatte wie gewöhnlich zuerst einmal die Toilette aufgesucht, und da war auf einmal die Kloschüssel voller Blut. Nach dem ersten Schrecken kam Freude auf: Hurra, ich werde erwachsen! Aber meiner Mutter konnte ich es nicht gleich sagen. Sie war besonders morgens unansprechbar und saß, sich in den Haaren kraulend, vornüber gebeugt auf ihrem Platz.

Ausgerechnet an diesem Tag machten wir einen Schulausflug, und ich stopfte mir nur ein paar Papiertaschentücher in mein Höschen. Das war natürlich zu wenig, und ich war sehr gehemmt auf diesem Ausflug und hatte nicht genügend Taschentücher mit. Ob mir die Lehrerin geholfen hat, weiß ich nicht mehr.

Mittags sagte ich es dann meiner Mutter. Ich fühlte mich inzwischen ziemlich elend mit dem Ziehen im Bauch und dem aus mir herausquellenden Blutstrom. Ich legte mich nieder, um den ganzen Nachmittag gemütlich zu lesen.

Irgendwo in den Büchern Moses stand, dass Frauen unrein seien während der Zeit ihrer Blutung. Na fein, nicht nur schuldig und dauernd mit schlechtem Gewissen beladen, sondern jetzt auch noch unrein! Ich war immer so ein sauberes Kind gewesen, das gern badete und sich die Haare waschen ließ. Und jetzt das!

Besonders unangenehm war, dass sich mein Onkel Gustav so für meine knospenden Brüste interessierte. Wann immer sich eine Gelegenheit dazu ergab, griff er mir an den Busen. Ich hatte einen so riesigen, hilflosen Zorn. In einem der Bücher der Gesellschaft (es ging darin um Jugendprobleme) war ein Bild von einem alten, abgenutzten und schmutzigen Handtuch. Und der Text dazu besagte, ich sei selber so etwas Dreckiges, wenn ich unbedacht mit jedermann Sex hatte.

Ich wollte nicht so sein. Ich hasste es so sehr, was mein Onkel mit mir machte. Hätte ich es über mich gebracht, ihm eine saftige Ohrfeige zu verpassen, wäre mir wohler gewesen. Aber das schaffte ich nicht.

Dabei fällt mir eine andere Begebenheit ein, die mir zu jener Zeit widerfuhr: die Sache mit dem Schwimmen.

Die Person, die mir zu nahe trat, hieß Josefa Navratil und war frisch getauft. Mein Vater hatte sie „in die Wahrheit gebracht", wie die Zeugen das nennen. Also besaß sie einen besonderen Bezug zur Familie meines Vaters. Sie wollte für uns alle immer etwas tun, um unser Leben zu verbessern. Besonders auf mich hatte sie es mit ihren Wohltaten abgesehen.

Sie lag mir dauernd in den Ohren, dass sie mit mir schwimmen gehen wollte. Ich war ein unsicheres Mädchen von knapp dreizehn Jahren, ich fühlte mich nicht wohl in meiner Haut und besonders mein Körper machte mir zu schaffen mit all seinen Veränderungen. Ich war stark gewachsen, und meine Glieder baumelten schlaksig um mich herum. Mein Busen wuchs. Die monatlichen Blutungen gingen mir auf die Nerven. Und schließlich war mein Körper das Objekt der Begierde meines Onkels.

Meinen ungeliebten Körper vor dieser aufdringlichen Frau im Bad zu entblößen war mir so ziemlich das Schrecklichste, was mir zugemutet werden konnte. Sie setzte mir aber mehr und mehr zu mit dem gemeinsamen Schwimmen. Sie bedrängte mich richtiggehend, und zwar ohne Unterlass. Bis ich mir nicht mehr zu helfen wusste und zu ihr sagte: „Lass' mich in Ruhe!".

Mehr hatte ich nicht gebraucht. Sie zeterte und schimpfte so furchtbar, als hätte ich ihr mit dem Umbringen gedroht. So eine Gemeinheit, so eine Undankbarkeit – sie hatte mir doch nur Gutes tun wollen! „Eine bodenlose Frechheit von dir! Sofort bittest du mich um Verzeihung!".

Es half nichts, ich musste mich bei ihr dafür entschuldigen, dass sie mir so lange zugesetzt hatte, bis ich keine andere Möglichkeit mehr gesehen hatte, als sie mit einem harten Wort zurückzuweisen.

Und natürlich war ich anschließend dennoch gezwungen, mit ihr ins Schwimmbad zu gehen.

In meiner Teenagerzeit begann ich mich stark für klassische Musik zu interessieren. Wir hatten ein altes, verstimmtes Klavier, auf dem mein Vater hie und da ein wenig spielte. Ich hörte ihm immer begierig zu und brachte dann so oft die Rede auf meinen Wunsch, Klavier zu lernen, dass meine Eltern schließlich nachgaben und mir eine Lehrerin zahlten.

Ich liebte das Klavierspiel und machte schnell Fortschritte (und das, obwohl meine Mutter das Üben nicht vertrug und leidend das Gesicht verzog). Da war endlich etwas, das mein Leben mit Sinn erfüllte und mir Freude machte – wie es meine Religion nie tat. Ich war ein wohlgesinntes Kind und hätte Gott gern geliebt, aber ich wurde immer wieder zurückgestoßen durch seine strenge Forderung, ihm zu dienen.

Mir kam nicht in den Sinn, dass die Musik selbst als holde Kunst, als edel, heilig, Gottes Lobpreis beschrieben wurde von denen, die sie liebten. Dass Gott sich freute, wenn wir uns mit Musik beschäftigten. Jehova war kein Gott, der uns Kinder gern singen und Klavier spielen hörte. Er war ein strenger, prosaischer Gott. Ein Gott des Papiers und der öden Vorträge. Ein langweiliger Gott.

Später sagte ich mir verbittert, wenn ich jede einzelne Stunde, die ich mit den Zeugen Jehovas sinnlos vertan hatte, fürs Klavier spielen hätte nutzen dürfen, so wäre ich wohl darin richtig gut geworden.

Ich hatte einen Traum: die Musik zu meinem Beruf zu machen. Es gefiel mir viel besser, Klavier zu spielen und klassische Musik zu hören, als zu den Zusammenkünften und in den Predigtdienst zu gehen. Aber wir waren gezwungen. In den Zeugen-Schriften standen immer wieder Formulierungen wie: „Jehova Gott ist so gerecht, barmherzig und gütig. Sollte es uns nicht drängen, ihm zu dienen? Sollten wir nicht alles tun, um ihm zu gefallen und seinen Willen zu tun?".

Dagegen ließ sich nicht ankommen. Der Wille Gottes war, dass wir studierten, predigten und zu den Versammlungen gingen. Sein Wille war nicht, dass wir Kinder glücklich sein sollten. Oder ernsthaft Musik machen durften. Sein Wille war, uns ständig mit trockenen Zeitschriften und langweiligen Vorträgen befasst zu sehen.

Ich wäre gern in einen Chor gegangen. Auch Nähen war mir wichtig. Ich interessierte mich für Puppen, aber niemand hat mir je gezeigt, wie man ihnen Kleider näht. Ich lernte leicht Englisch, und es machte mir Freude, englische Texte immer besser zu verstehen.

Aber das alles war nicht wirklich wichtig. Es waren reine Nebensächlichkeiten.

Wirklich wichtig war nur, was Jehova von uns wollte. Und das waren stumpfe und nervende Aufgaben wie Wachtturm fürs Studium „vorbereiten", Vorträge hören, von Haus zu Haus gehen. Ich wollte nicht ständig auf diese langweilige Art Jehova „dienen". Aber mir war klar, dass ich das einfach musste. Es gab keine Alternative.

Mein Vater war bereits gereizt genug gegen uns, sich ihm jetzt in Sachen des Glaubens zu widersetzen, war einfach unmöglich. Außerdem war da noch die ständige Drohung, im Krieg von Harmagedon vernichtet zu werden, und zwar für immer. Das wollte ich auf keinen Fall. Ich hatte Angst. Es war so viel von den „letzten Tagen" die Rede und von den „Zeichen der Zeit". Es wurde damit Druck gemacht, dass „plötzliche Vernichtung sie überfallen werde wie die Geburtswehen eine Schwangere"(1.Thess.5,3). Und es war wichtig, in der Mitte der Versammlung zu stehen, nicht an deren Rand, sonst würden wir letzten Endes der Vernichtung anheim fallen.

Also gab ich mir Mühe, im Dienst für Jehova alles zu tun, was ich nur konnte, um am Leben bleiben zu dürfen. Und die Diskrepanz zwischen dem, was ich in meinem Leben wirklich tun wollte (nämlich Klavier spielen und viel lesen) und dem, was ich tun musste, um Jehova zu gefallen (Vorträge hören und von Tür zu Tür gehen) wurde immer größer.

Ich fühlte mich sehr beladen. Nur weniges schien mir Freude zu machen. Es war, als sollte ich Dinge für Gott tun, die absolut meinem inneren Wesen widersprachen. Ich war von ruhiger und freundlicher Wesensart, ein gutes, stilles und begabtes Kind – aber das alles schien Jehova nicht zu genügen.

Wir sollten, um ihm zu dienen, „uns selbst verleugnen und unseren Marterpfahl auf uns nehmen" (Luk.9,23), wobei der „Marterpfahl" niemals der Dienst für Jehova sein konnte, der uns ja mit Freude erfüllen sollte. Wenn wir uns „selbst verleugnen" sollten, so bedeutete das konkret, dass wir nicht mehr unseren egoistischen (Berufs-) Wünschen und Zielen den Vorrang geben durften, sondern nur dem Dienst für Jehova.

In der Schule wurden wir zu Außenseitern, die anders waren als die anderen und die nichts mitmachen durften – keine Geburtstagspartys, keine Faschingsfesten und selbstverständlich durften wir auch nicht in die Disco. Das machte uns zu „komischen Figuren":

Wie stark ich damals eingeschränkt war, ist aus Folgendem zu erkennen:

Horoskope waren natürlich des Teufels für die Zeugen. Ich durfte nicht einmal mitreden, wenn die anderen Mädchen über Sternzeichen sprachen.

Diese hatten ihren Spaß und verglichen ihre Sternzeichen miteinander, aber ich musste mich weigern, meines überhaupt preiszugeben. Zuerst waren die Mädchen verwirrt und guckten einander an, dann versuchten sie mit allen Mitteln, mir mein Sternzeichen zu entlocken (es ist übrigens der Stier). Aber das durfte ich nicht sagen.

Horoskope gelten bei den Zeugen als schwärzeste Teufelsanbetung, und Menschen, die sich damit befassten, waren von Jehova verworfen.

Zu allem Überfluss saß ich oft mit strähnigem, fettem Haar in der Schule, da mir bei all den Anforderungen meiner Gemeinschaft (z.B. die abendlichen Zusammenkünfte, die so viel Zeit kosteten) nicht genügend Zeit blieb, um mir öfter als einmal in der Woche die Haare zu waschen. Es war peinlich. Ich hätte gern so wie die anderen viel Wesens um mein Äußeres gemacht. Das galt als cool. Ich aber war nicht so, wie ich sein sollte. Wie mich die anderen sehen sollten. Ich war „komisch".

Aber weit schlimmer als die Hänseleien in der Schule fand ich das Verhalten meines eigenen Vaters mir gegenüber.

Er nannte mich zu diesem Zeitpunkt oft einen „Trau-mich-nicht", bezeichnete mich als unfähig, ohne Begabung und nichts wert. Auch wenn ich mich noch so sehr abmühte, mich zusammenzunehmen und etwas zu leisten, das auch vor seinem Urteil bestand, nie hatte ich Gelingen.

Verächtlich verzog er seinen Mund über mein Klavierspiel. Das könne man wirklich nicht als Kunst bezeichnen, dieses Daherleiern. Einmal fragte ich ihn schüchtern, wie es anzufangen wäre, Berufsmusikerin zu werden. Da sagte er sehr überheblich: „Ein Talent setzt sich durch!". Sein Mienenspiel zeigte deutlich, dass er mich nicht für ein Talent hielt.

Manchmal machte er mich so fertig, dass ich nur noch heulen konnte. Er ließ nie von mir ab, wenn ich die ersten Zeichen von Schmerz zeigte. Er musste mich immer erst vollkommen erledigen, bis es buchstäblich kein Aufstehen mehr gab. Das war so seine Art mir gegenüber.

Ich war schon mit dreizehn völlig überlastet. Ich weinte viel und war ganz ausgelaugt. Wenn ich wenigstens meinen eigenen Interessen folgen hätte dürfen, tun hätte können, was mir Freude macht! Aber nur das vermeintliche Paradies war wichtig. Danach sollte ich streben. Wie ich jedoch mit mir selbst und mit meinen Eltern zurechtkommen sollte, das wurde mir nicht gesagt.

6.

Unser Familienleben war die Hölle. Mutter und Vater waren wie zwei geifernde Hunde, die nur auf den Moment warteten, aufeinander zuzustürzen und sich gegenseitig zu zerfleischen. Sie umschlichen einander und konnten zueinander kaum ein Wort sagen, das nicht die schlimmste Schreierei ausgelöst hätte. Was auch der Grund sein mochte, immer brach sofort der Krieg aus.

Es war immer dasselbe Muster: Mein Vater folgte meiner Mutter durch die ganze große Wohnung bis auf den Balkon, um ihr Bibelstellen vorzulesen wie z.B. Eph.5,22-23, wo es heißt: „Die Ehefrauen seien ihren

Männern untertan wie dem Herrn, denn ein Ehemann ist das Haupt seiner Frau, wie der Christus auch das Haupt der Versammlung ist...", und er bedachte nicht, dass es gleich darunter (Vers 28) heißt: „Ebenso sind die Ehemänner verpflichtet, ihre Frauen zu lieben wie ihre eigenen Leiber...".

Meinem Vater troff wie einem Bluthund der Schaum aus dem Maul, wenn er, die Bibel aufgeschlagen, meiner Mutter erzählte, wie schlecht und verwerflich sie war. Und sie regte sich maßlos auf, rauchte zittrig eine Zigarette nach der anderen – was von meinem Vater bissig gegeißelt wurde – schluchzte laut auf und spie ihm ihren Speichel mitten ins Gesicht. Manchmal schrie und weinte sie auch und zerschlug Geschirr.

Einmal war sie so weit gegangen, die Bibel, mit der er sie quälte, ins Feuer zu werfen. Wenn so etwas in einem Haushalt von Zeugen Jehovas vorfiel, so hatte niemand Mitgefühl mit der Frau, sondern der arme, bibeltreue Mann wurde von allen Versammlungsmitgliedern aufs heftigste bedauert, so als wäre er der Leidtragende.

Das habe ich ganz real in vielen verschiedenen Variationen erlebt.

Es war, als ob Vater glaubte, uns alle (oder die ganze Welt) gegen sich zu haben. Er löste diesen Krieg aus, er geiferte, er verfolgte und quälte, aber für ihn war es, als ob die anderen ihn verfolgten. Sein massiger Körper drängte sich im Kampf so stark dem Opfer entgegen, dass es aussah wie ein buchstäblicher Angriff, eine körperliche Attacke. War man so zwischen ihm und der Wand eingekeilt, schien jeder Widerstand zwecklos.

Aber er fing nicht an, körperlich zu schlagen und zu treten, sondern überhäufte einen mit bösen Wörtern und giftigen Sätzen, beschimpfte einen auf Hochdeutsch als Luder, Miststück und letzten Dreck, und das alles nur, weil er sich irgendwie von uns bedroht fühlte. In seinem paranoiden Gehirn schwebte die beständige Angst, verfolgt und vernichtet zu werden. Sie machte ihn schwach, flößte ihm Grauen ein, und dann wurde für ihn der Angriff die beste Verteidigung. Er bekam gar nicht mit, dass er real überhaupt nicht bedroht wurde, dass alle in der Familie schwiegen und nicht ihn unterdrückten, sondern von ihm unterdrückt wurden.

Nein, in seinen Augen war er der Verfolgte, der Bedrohte. Ihm wollten alle ans Leder. Daran glaubte er so fest und sicher, dass er schon schimpfte und geiferte, ohne dass im Geringsten irgendetwas gegen ihn geplant oder in die Wege geleitet war. Im Gegenteil, Bernd und ich duckten die Köpfe, wenn er mal wieder sinnlos herumschimpfte.

Er drängte einen mit dem Bauch an die Wand und schrie einen an, wobei er alles, womit man sich verteidigte, derart verdrehte, dass man nachher nicht einmal mehr wusste, was man eigentlich gesagt oder getan hatte. Fing ich an zu weinen, ließ er nicht etwa ab von mir, sondern wurde noch aggressiver.

Nicht wir waren die Armen und Unschuldigen, sondern er. Er wurde dauernd schikaniert von uns - und übrigens auch von seinen Kollegen. Denn er wurde im Büro gemobbt, weil er immer vom Paradies zu erzählen anfing und nicht einsah, dass die anderen gern ihre Ruhe gehabt hätten vor seinen Warnungen und wüsten

Prophezeiungen, wenn er eiferte, dass sie alle in die Gehenna kommen würden, er aber ins Paradies, denn er täte Jehovas Willen.

Er kam nie dahinter, dass er, wäre er nur ruhig und gelassen gewesen, er seinerseits auch in Ruhe gelassen worden wäre und respektiert und sogar (wenigstens von uns Kindern) geliebt.

So aber entfachte er mit seinen ständigen Hasstiraden heftige und erbitterte Gegenwehr. Wie hätte sich meine Mutter schützen sollen? Sie besaß kein eigenes Einkommen, konnte also nicht einfach weggehen. Außerdem war ihre eigene psychische Verfassung nicht gerade so stark und autonom, dass sie den verfahrenen Karren hätte aus eigener Kraft aus dem Dreck lenken können. Sie war abhängig, fühlte sich schuldig und minderwertig und war hilflos den Angriffen ihres Peinigers mit der Bibel ausgeliefert.

Das waren richtige Gewaltausbrüche auf verbaler Ebene. Und mein Vater war nicht zu stoppen. Bei unserem Kinder –Buchstudium, das er leitete, fing er regelmäßig auf seine Frau zu schimpfen an, und wir mussten uns das widerstandslos anhören, bis der vierzehnjährige Bernd einmal sagte: „Schimpf nicht auf unsere Mutter!". Aber das half nicht viel. Wie unter Zwang begann er jedes Mal mit seinem Gebelfer. Er begriff nicht, dass das sein Problem war, nicht ihres und auch nicht unseres.

Sie sei nicht normal, gehöre in Behandlung, bellte er. Ein paar Pillen, und sie wäre endlich die normale und gehorsame Ehefrau, die er sich wünschte. Und er müsste sich nicht dauern mit ihr ärgern.

Dass er selber eine psychiatrische Behandlung dringend nötig gehabt hätte, kam ihm nicht in den Sinn. Es waren immer die anderen. Wir Kinder waren zu frech, die Kollegen zu borniert, seine Frau zu abnormal. Nur er war der Normale, nur er allein ohne jeden Fehler.

Wurde im „Wachtturm" etwas über die Verfolgung der ersten Christen geschrieben, so unterstrich er die – nach seiner Meinung – auf ihn passenden Passagen und versah sie mit Rufzeichen. Dann legte er die Zeitschrift recht auffällig auf den Wohnzimmertisch, sodass jeder, der daran vorbeiging, Einblick nehmen konnte in sein vermeintliches Martyrium. Das war auch so seine Methode, mit uns zu kommunizieren.

Seltsamerweise hatte mein Vater den Predigtdienst sehr gern. Er fühlte sich gut und wichtig, wenn er an den Türen läutete und die Menschen vor Gottes Krieg warnte. Er wurde oft abgewiesen (wie jeder Zeuge), aber es wäre ihm wie auch den meisten anderen nie in den Sinn gekommen, dass sie die Wohnungsinhaber in ihrem privaten Bereich mit ihrem Anläuten belästigten.

Da waren Arbeiter, die nach Feierabend nur noch mit einem Bier vor dem Fernseher hängen wollten und die ihn manchmal grob beschimpften, wenn er sie „wegen der Bibel" störte. Da waren ironische oder an Weltekel leidende junge Männer, die ihm sagten, wie eingelernt seine biblischen Predigten klangen. Dann gab es alte, einsame Witwen, die gern ein wenig mit ihm geplaudert hätten, aber nicht auf diese Art – und naive junge Leute, für die er etwas Exotisches war und die ihn hereinbaten, um ihn in aller Ruhe anstaunen zu können.

Er spürte Hass und Ablehnung, ohne sie richtig einordnen zu können. War jemand sarkastisch und deckte geschickt seine Schwachheiten auf, bekam er Atemnot und sein Gesicht lief rot an, aber er hörte keinen Moment mit seiner Predigt auf. Unwilligen Wohnungsinhabern drängte er Zeitschriften auf. Denn die würden für sich selber sprechen, dachte er. In Wirklichkeit landeten sie ungelesen im Altpapier.

Unsere Versammlung hatte ein so genanntes „Außengebiet", das war eine ländliche Gegend im Burgenland. Nun weiß jeder, dass gerade die Burgenländer eingefleischte Katholiken sind. Mein Vater überging dieses Wissen auf weltfremde Weise und beschloss mit Bernd und mir eine ganze Predigtdienst-Woche im Burgenland zu machen. In der Nähe von Oberpullendorf waren zwei junge, männliche Missionare stationiert, denen schrieb er, dass er und seine beiden Kinder ihnen eine Woche lang im Sommer beim Dienst helfen wollten. Bernd und mich fragte er nicht einmal. Es war selbstverständlich, dass wir mitmachten.

Die beiden Missionare waren lustige, gesunde Burschen, und die heftige Ablehnung, auf die sie stießen, machte ihnen nicht viel, im Gegenteil, ließ sie noch stärker werden. Ganz im Sinne von Matth.5,11-12, wo es heißt: „Glücklich seid ihr, wenn man euch schmäht und euch verfolgt und lügnerisch allerlei Böses wider euch redet um meinetwillen. Freut euch und springt vor Freude, da euer Lohn groß ist in den Himmeln; denn ebenso verfolgte man vor euch die Propheten.".

Im Burgenland konnte man eines solchen Verfolgt–Werdens sicher sein. Bernd und ich hatten Angst. Wie mehrmals erwähnt, fürchtete ich den Predigtdienst schon zu Hause in Wien, wie sehr also jetzt im Burgenland. Bernd war auch nicht gerade erbaut davon, dass der Vater so etwas von uns verlangte. Wie sollte er den Menschen im Burgenland die „gute Botschaft" bringen? Er war ja nur ein vierzehnjähriger Junge! Aber als er unsicher dieses Argument vorbrachte, antwortete mein Vater mit einer Bibelstelle, wo Gott zu einem Propheten des Alten Testaments sagte: „Sage nicht, ich bin nur ein Knabe, sondern zu allen, zu denen ich dich schicke, sollst du gehen...".

Zu allem Überfluss wurden wir zwei Kinder vorerst alleine losgeschickt, weil die Erwachsenen sich erst gegenseitig beraten und Einteilungen treffen wollten.

Ängstlich zogen wir los, zwei brav aussehende Jugendliche mit großen Taschen und der Bibel in der Hand. Klopfte man an eine Tür und jemand rief: „Herein!", so stand man unmittelbar in einer Küche, und ein paar unfreundliche Gesichter starrten einem entgegen. Ganz nach erlernter Manier legten wir bei nicht zu heftiger Ablehnung wenigstens eine Zeitschrift auf den Küchentisch, die für sich selbst sprechen sollte – und sicher sogleich weggeworfen wurde.

Wir hatten das Pech, auch noch auf den Pfarrer zu stoßen. Wir klopften an die Tür eines Hauses, das dicht neben der Kirche stand. Der Pfarrer erschien mit gütigem Blick, ich fragte ihn, ob wir ihm zeigen dürften, was die Bibel über unsere Zukunft sagt, und sofort wurde sein Blick wütend und er sagte erzürnt: „Jetzt kommt's zum Pfarrer auch schon!". Und er schlug gereizt die Tür zu.

Solche Erlebnisse trugen nicht gerade zur Hebung unseres Selbstwertgefühls bei.

Unsere Tage im Burgenland begannen stets mit dem Lesen des „Tagestextes" aus dem Jahrbuch der Wachtturm-Gesellschaft und mit einer Besprechung bezüglich unseres Tagespensums. Zum Glück teilten sie Bernd und mich nicht mehr zusammen ein, sondern jeder Erwachsene nahm ein Kind mit sich und einer ging allein, und jede Stunde wurde abgewechselt. Es gab die üblichen kurzen und nicht zu heftigen Ablehnungen, es gab ganz, ganz wenig Sympathie (an einen alten Mann kann ich mich erinnern, der einen senilen Eindruck machte, aber freundlich war und mit dem wir lange sprachen) und es gab viele heftige, ja sogar hasserfüllte Abweisungen, bei denen uns mit der Mistgabel gedroht wurde, wenn wir nicht sofort abhauten mit unserem ketzerischen Dreck!

Im Dorf wurde über uns geredet. Wir waren bekannt wie die bunten Hunde, und wo immer wir auftauchten, gab es feindselige Blicke und ein Getuschel. Zu allem Überfluss hatten wir in dieser Gegend eine Tante (Schwester meiner Mutter), bei der wir manchmal abends einkehrten. Es hatte nie ein herzliches Verhältnis zwischen uns geherrscht, da war viel Kälte und Verständnislosigkeit, und während dieser unserer Predigtdienstwoche ging unsere schwache Beziehung vollends kaputt.

Nach Bäuerinnenart machte die Tante uns jedes Mal etwas zu essen, wenn wir bei ihr einkehrten (das ließ sie sich nicht nachsagen, dass sie nicht gastfreundlich war), aber sie sprach nur das Notwendigste und hörte meinem Vater, der ihr mit seinen ewigen Bibelsprüchen lästig fiel, gar nicht erst zu. Noch Jahre später war sie böse auf meine Mutter, die ja gar keine Zeugin war und keine Schuld daran trug, dass sich ihr Mann und ihre Kinder im Burgenland so unbeliebt machten.

Es hieß natürlich im Dorf, dass die Sektierer auch noch von Einheimischen unterstützt wurden – die sollten sich was schämen! So etwas gehöre zum Teufel geschickt und nicht auch noch bewirtet!

Die vielen wütenden Abweisungen trugen ihre Früchte, und wir fühlten uns nicht wohl. Wir wurden beschimpft und bedroht. Sicher mache Satan das, schnaufte mein Vater nach einer besonders unerfreulichen Szene, „ ...er würde uns töten, wenn Jehova das zuließe!". Und der eine Missionar, der Nachdenklichere von beiden, erzählte vertraulich, dass er vorhin mit mir an einer Tür vorgesprochen habe, wo eine seltsame Alte, die irgendwie stechend und befremdlich blickte, das Gespräch so sonderlich verwickelt habe und irgend etwas ausgesandt habe – er sei wie gelähmt gewesen und habe nicht mehr sprechen und auch nicht mehr fortgehen können. Dann sei es wie ein übler Hauch über uns weggegangen, den habe auch ich, Hanna, verspürt – und wir seien einer Ohnmacht nah gewesen. Zum Glück sei die komische Alte dann hineingegangen und wir hätten uns wieder bewegen können.

Ja, staunten die anderen, so etwas gibt es, das ist der Einfluss der Dämonen, kein Wunder bei all diesen Katholiken und Marienverehrern hier draußen (denn Maria zu verehren ist für die Zeugen ein krasser Fall von falscher Anbetung). Dass es aber vielleicht die eigene Angst und das Unbehagen, hier unseren Glauben verbreiten zu sollen, gewesen sein könnte, das kam keinem der drei Erwachsenen in den Sinn.

Und am letzten Abend geschah etwas, das wir nach all dem Vorhergehenden zwangsläufig als einen tätlichen Angriff Satans begreifen mussten. Es war schon dämmrig draußen. Wir hielten, zu fünft in unserem Citroen 2CV sitzend, eine Besprechung ab, als ein Auto mit kreischenden Reifen die Kurve nahm, knapp an uns vorbeischleuderte und unmittelbar darauf in den Baum hinter uns krachte. Wir sprangen aus unserer „Ente", andere Leute kamen hinzu, Notarzt und Polizei wurden gerufen. Es war ein schwerer Unfall, es gab zwei Verletzte.

Wir waren furchtbar erschrocken. Wie leicht hätte das außer Kontrolle geratene Gefährt in unseren schwachen Wagen krachen können! Hatte Satan das so gelenkt?

Wir waren froh, am nächsten Tag abreisen zu können. Nun hatte mein Vater etwas Neues zu nörgeln: Über die Burgenländer, die so beschränkt waren mit ihren neugierigen und unfreundlichen Blicken, genau wie meine Mutter (die ja aus dem Burgenland stammte).

Er entzündete sich richtig an dieser neuen Idee. Wieder ein Grund, die eigene Frau zu quälen.

Die Predigtdienstwoche hatte Ende Juni stattgefunden. Im August wurden Bernd und ich getauft.

Ich weiß bis heute nicht genau, warum ich mich taufen ließ für einen Gott, den ich nicht gut und liebevoll fand. Die Taufe war wohl für mich kein „Zeichen der Hingabe an Gott", sondern etwas, das einmal sein musste, für das es keine Alternative gab. Wir waren Zeugen Jehovas, wir taten Dienst für Jehova, wir gingen zu jeder Zusammenkunft, wir studierten die Bücher und Zeitschriften der Gemeinschaft – was hätten wir für einen Grund, uns nicht taufen zu lassen? Außerdem wünschte mein Vater es, da gab es nichts zu rütteln.

Die Taufe wird bei den Zeugen als ein vollkommenes Untertauchen im Wasser vollzogen. Vorbild ist z.B. die Taufe Jesu, wie sie in Matth. 3,13-17 geschildert wird, und die Zeugen betonen: „Er kam aus dem Wasser herauf", daran sehe man deutlich, dass die Art des Taufens nicht bloß ein Beträufeln mit Wasser, sondern ein vollständiges darin Untertauchen war. Auch andere Bibelstellen (z.B. Apostelgeschichte 8,36-39) schienen diese Auffassung zu bestätigen.

Es war ein heißer Augusttag, der große Kongress fand im Wiener Ernst – Happel - Stadion statt, und es gab über hundert Täuflinge. Die Zeitung brachte eine Notiz: „Zeugen Jehovas machen aus der Taufe einen Baderummel", und das war auch mein Eindruck, als ich ins Wasserbecken stieg. Alles war so banal. Die Zeugen hatten ein großes Becken gemietet und zehn „Täufer" standen, bekleidet mit Badehosen und weißen T-Shirts, im Wasser und warteten auf die Täuflinge. In meiner Aufregung, unter so vielen Blicken ins Wasser zu steigen (denn es gab aus den Reihen der Zeugen hunderte Zuschauer) tauchte ich zu schnell ein und kam zitternd und nach Luft schnappend bei meinem Täufer an. Dieser ließ mir noch etwas Zeit, spülte meine Schultern mit kaltem Wasser und beruhigte mich ein wenig, dann zeigte er mir, wie ich die Arme halten solle und meine

Nase mit der rechten Hand verschließen, ich tat es – und schwupp, wurde ich als Ganzes untergetaucht. Das war nun also die Taufe. Ich genierte mich, weil so viel von meinem Körper zu sehen war und weil ich einen uralten, großen und hässlichen schwarz-weißen Bikini anhatte (von irgendeiner Tante), aber ich schämte mich nicht nur, ich war auch traurig. Traurig und verwirrt.

In kindlicher Weise hatte ich gedacht, dass etwas Großes und Heiliges mit mir vorgehen würde, dass in mir ein Licht entstehen und mir zeigen würde, dass Gott ganz nahe sei. Stattdessen hatte sich nicht das Geringste verändert. Das Stadion summte von Menschen und war wie immer glutheiß. Dazu wieder die langen und schwer verständlichen Vorträge, der Durst, die Müdigkeit. Und bald schon war kein Rest mehr von meinem Stolz zu spüren, den ich empfunden hatte, als ich in der großen Schar der Täuflinge aufgestanden war, etwas ganz Besonderes inmitten der Menge, „Ja" gesagt hatte zu den zwei Fragen, die der Redner von der Bühne aus gestellt hatte, und mich unter dem Applaus meiner Mitbrüder zur Taufe begeben hatte.

Nichts hatte sich dadurch verändert.

Am selben Abend stieß uns der Vater schon Bescheid, was sich geändert hatte.

"Dass ihr ab heute keine Dummheiten mehr macht! Nicht mit dem Rad Bogenlinien fahren, sonst verschuldet ihr einen Unfall, und das ist für einen Zeugen Jehovas unmöglich. Die ganze Welt schaut ab heute auf euer Benehmen! Nicht bei Schularbeiten schwindeln, nicht bei

Rot über die Straße gehen. Ihr müsst euch immer und überall vorbildlich verhalten.

An euch werden jetzt, als getaufte Zeugen Jehovas, höhere Maßstäbe gelegt. Genau das – dass ihr euch schlecht benehmt – will der Satan. Er geht wie ein brüllender Löwe umher und sucht uns zu verschlingen. Und ihr wollt doch Jehova gefallen – oder etwa nicht?!"

Bernd und ich nickten kleinlaut. Wir hatten uns noch nie auffallend schlecht benommen. Wir neigten nicht zu Dummheiten. Im Gegenteil, wir wurden von den Mitschülern verhöhnt, weil wir so extrem brav waren. Wann immer von einem Kind in meiner Klasse so etwas wie reifes Verhalten gefragt war – wenn etwa ein neuer Liedertext in Englisch gelernt wurde – wurde ich aufgerufen, ihn vorzulesen. Oder damals, als ein ungarisches Mädchen, das kaum Deutsch konnte, neu in die Klasse aufgenommen wurde, setzte die Lehrerin sie bedenkenlos zu mir, da es mir nicht zuzutrauen war, eine Neue zu verspotten. Ich hatte bereits mit vierzehn einen reifen Charakter. Dass mich das zur Außenseiterin machte, war mein Problem.

Ich war nun fertig mit der Hauptschule und musste mir überlegen, welche Schule ich im neunten Pflichtschuljahr besuchen sollte. Darin eingeschlossen lag schon die Entscheidung, was ich einmal beruflich machen wollte. Ich hatte nicht den geringsten Schimmer.

Wofür ich mich interessierte, war mir völlig klar: für Musik, für Bücher, für alles, was mit Sprache zu tun hat. Aber zweierlei Dinge, die wichtiger waren, saßen fest in meinem Hirn: erstens, dass mein Beruf für die Neue

Welt, die von den Zeugen erwartet wurde, von Nutzen sein musste, und zweitens dass dieser mir Zeit und Kraft für den Predigtdienst (und mein eigenes Bibelstudium) lassen sollte.

Ich war zu dieser Zeit bereits derart an die Anforderungen unserer Gemeinschaft gewöhnt, dass ich gar nicht auf die Idee kam, mein künftiger Beruf sollte mir in erster Linie Freude machen und mir liegen. Jeder normale Vater in einer normalen Welt hätte zuallererst das Wohl seines Kindes im Auge gehabt, hätte abgewogen, was für Talente und Interessen gerade dieses Kind mitbrachte, für was es aufgrund seiner Persönlichkeit geeignet sein werde. Ganz anders mein Vater: im Paradies, das wir in Bälde erleben würden, sollte die Erde zu einem einzigen wunderschönen Garten umgebaut werden. Also würde man Gartenarchitekten brauchen. Und genau das sollte ich lernen.

Hätte er mich gesehen, wie ich wirklich war, so hätte er mich nie in die Gartenbauschule schicken können. Pflanzen, Gärten, Architektur standen meinen Interessen so fern wie es nur irgend ging. Aber ich traute mich nichts zu sagen, denn früher schon hatte ich schüchtern auf meinen Musik-Berufswunsch hingewiesen und war dabei zutiefst verletzt worden.

Mein Vater glaubte nicht, dass ich irgendein Talent besaß. Er sah, dass ich gern las, aber er hätte mir nie zugeraten, Bibliothekarin zu werden, denn dieser Beruf stand so hoch im Ansehen, dass die unbegabte kleine Hanna ihn nie würde ausüben können – seiner Meinung nach.

Er hatte meine Einser in Englisch zur Kenntnis genommen, aber er wäre nie auf den Gedanken gekommen, mich in eine Dolmetscherschule zu schicken oder mich Matura machen zu lassen und mich anschließend ins Anglistikstudium zu schicken. Nur die Gartenbauschule fiel ihm ein, damit ich im künftigen Paradies die schönsten Gärten schaffen könnte – wie gerne würde mein Vater selbst diese Schule machen - ich solle ihm dankbar sein für seinen Hinweis auf einen Beruf, der so nützlich fürs Paradies sein würde. Also wurde ich zur Aufnahmsprüfung in der Gartenbauschule angemeldet.

Ich selber hatte keine Ahnung, was von mir gefordert sein würde. Eine Beethoven-Sonate auf dem Klavier zu spielen oder eine schwierige Englisch-Übersetzung zu schreiben jedenfalls nicht. Ich war bedrückt.

Innerlich betete ich zu Jehova, dass er mich diese Aufnahmsprüfung bestehen lassen möge wenn es ihm gefiele, eine Gartenarchitektin aus mir zu machen. Wenn nicht, dann möge er mir andere Wege zeigen. Beruhigt legte ich mich nieder. Ich würde die Antwort bald sehen.

Ich fiel natürlich durch. Ich fand mich überhaupt nicht zurecht zwischen kniffligen Algebra-Aufgaben, schwierigen physikalischen Texten und dem ganzen eher technischen Gebiet, das mir nicht lag. All das war mir fremd, und obwohl ich mich anstrengte, gelang es mir nicht, genügend Antworten zu finden, um die Aufnahmsprüfung zu bestehen.

Für meinen Vater wieder ein Grund, über meine Talentlosigkeit den Kopf zu schütteln. „Dann wirst du eben in den polytechnischen Lehrgang gehen", seufzte er enttäuscht. Und so geschah es auch.

7.

Wir neuen Schülerinnen standen zu Schulbeginn alle vorm Gebäude, das weiß und niedrig sich vor unseren Augen erstreckte. Ich war jetzt fünfzehn Jahre alt.

Im vorigen Schuljahr hatte ich eine neue Freundin gewonnen, die ich mit dem Spitznamen „Peggy" rief. Mit diesem Mädchen hatte es folgende Bewandtnis: Als frechste und schlimmste Schülerin der Klasse war ihr plötzlich der Einfall gekommen, mit der Ruhigsten und Bravsten Freundschaft zu schließen – mit mir.

Sie betrachtete es wohl als gelungenen Streich, die Lehrer und mich zu verblüffen. Ein paar Monate wollte sie probieren, wie es war, eine Hanna Schmaldienst zu sein, in meine Haut zu schlüpfen und zu spüren, wie sich´s darin herumlief. Sie bat sogar, dass ich sie mit den Lehren meiner Glaubensgemeinschaft bekannt machen solle. Nichts lieber als das!

Wie alle Zeugen hoch beglückt über das erwiesene Interesse richtete mein Vater mir bei meiner neuen Freundin ein Bibelstudium anhand des blauen Buches: „Die Wahrheit, die zu ewigem Leben führt" ein. Nun wollte ich, wie ich das gewohnt war, dieses bei den Zeugen übliche Frage-Antwort-Spiel mit ihr beginnen. Ich dachte eben, ich leite nun mein erstes Bibelstudium.

Aber Peggy war nicht sehr interessiert. Sie wollte nicht ernsthaft studieren. Lieber tändelte sie herum, zeigte mir neue Kleider, bürstete ihr langes blondes Haar und träumte vor sich hin. „Meine Mutter will, dass ich nur irgendeine Religion habe", vertraute sie mir an.

Ich gab nach alter Zeugen-Manier die Antwort, dann hätte sie nicht nur irgendeine Religion, sondern die einzig wahre. So aufgeblasen war ich damals, so absolut überzeugt und durchtränkt von der Lehre der Zeugen Jehovas.

Nun am ersten Schultag nach den Ferien, im neuen polytechnischen Lehrgang, als wir vor dem Schulgebäude standen, entdeckte ich sie und wollte sie freudig begrüßen. Aber sie schien mich nicht gerne zu sehen, tat fremd und kalt.

Ich war verwirrt und enttäuscht, hatte das starke Gefühl, sie wolle sich von mir distanzieren, weil ich langweilig und trocken war, altmodische Ansichten hatte und immer von der Bibel sprach. Sie wollte es gerne lustiger haben und weltlicher. Das konnte ich ja verstehen. Ich hätte es selbst gern spannender und irgendwie normaler gehabt in meinem Leben.

In dieser Klasse sollte ich erst richtig zu spüren bekommen, was es hieß, eine Außenseiterin zu sein. Als „Komische" war ich von Anfang an gebrandmarkt. Ich zitierte im Unterricht die Bibel, tat nicht mit, wenn Zigaretten und Alkohol probiert wurden, auch nicht bei irgendwelchen lustigen und harmlosen Streichen und war so durchdrungen vom Gedankengut der Zeugen Jehovas, dass dieses, auch wenn ich nicht andauernd davon sprach, alles durchtränkte, was ich tat. Kein Wunder, dass die Mädchen mein Verhalten merkwürdig fanden.

In dieser Klasse ging es stets nur darum, einander von den gerade aktuellen Freunden zu erzählen. Die Mädchen schminkten und frisierten sich und fanden nur eines wichtig: Jungen.

Einmal wurde ich an den Tisch der drei Mädchen gerufen, die dafür bekannt waren, sich ganz besonders mit den Jungen einzulassen. Sie zeigten mir ein Kondom in der Verpackung und fragten mich, ob ich wisse, was das sei. Ich wusste es natürlich nicht. Aber ich ließ mich durchaus nicht verlegen machen. Ich bekam meine vornehm - verwirrte Miene und drehte das Ding herum. „Es passt jedenfalls zu euch" gab ich von mir, drehte mich um und ging.

Diese Befähigung, mir trotz allem eine gewisse Würde zu bewahren – die Art, wie ich schweigend und mit hoheitsvoller Miene auf die Spötterinnen nieder schauen konnte – half mir in der Schule über vieles hinweg. Gott sei Dank hatte ich darin Talent.

Aber auch dieses Schuljahr ging zu Ende. Ich hatte sehr gut abgeschnitten. Ich hätte nun die Voraussetzung gehabt, an ein Gymnasium zu wechseln oder wenigstens einen guten Lehrberuf zu finden, mir wären Wege offen gestanden. Aber nach wie vor wusste ich nicht, was ich tun sollte.

Mein Vater sagte lakonisch: „Gartenbauschule". Das verunsicherte mich zutiefst, weil ich ja wusste, dass ich dafür nicht geeignet war. Hatte ich nicht schon bei der Aufnahmsprüfung versagt?

Ich machte noch einen verzweifelten Versuch, den verfahrenen Karren herumzureißen und doch meinen Traumberuf mit der Musik zu verwirklichen. Ich besuchte damals sogar eine Jugendberatung, fand aber auch dort nicht genug Rückhalt, um den Sprung ins kalte Wasser zu wagen - und außerdem hasste ja meine Mutter mein Klavierspiel. Ich musste auf sie Rücksicht nehmen.

Niemand half mir, etwas zu finden, das möglich gewesen wäre. Ein anständiger Beruf, für den ich geeignet war.

Irgendetwas musste ich aber schließlich tun. So ging ich also zum zweiten Mal zur Aufnahmsprüfung für die Gartenbauschule. Und diesmal bestand ich den Test.

Ich trat also letztlich doch, wie mein Vater es wollte, in diese Schule ein. Sie sollte fünf Jahre dauern und mit der Matura abschließen. Meine Zeit dort – ein halbes Jahr – wurde zu einem richtigen Fiasko. Ich eignete mich überhaupt nicht und versagte völlig in Mathematik, in Botanik und in allen vier Praxisfächern.

Wir arbeiteten richtig im Garten. Wir pflügten Felder, schaufelten Schweinemist, ernteten Zwiebeln und pflanzten junge Bäume. Wir begradigten zukünftige Rasenflächen und veredelten Rosen. Dazu war größte Aufmerksamkeit beim Führen unserer Skripten gefordert, und ich war dem Ganzen von Anfang an nicht gewachsen.

Im ersten Zeugnis erhielt ich vier „Nicht genügend". Die einzige gute Note bekam ich – wie erwartet - in Deutsch. Daraufhin führte mein Klassenvorstand mit meinem Vater und mir ein Gespräch.

„Dumm ist sie nicht", sagte der Lehrer zu meinem Vater, „sonst hätte sie nicht ein „Gut" in Deutsch. Bei uns wird in diesem Fach viel verlangt. Vielleicht sollte sie irgendetwas mit Büchern machen. Oder ein musisch-pädagogisches Gymnasium.".

Es war meinem Vater egal. Ab diesem Zeitpunkt kümmerte er sich überhaupt nicht mehr um meinen beruflichen Werdegang. Ich war sechzehn und hatte keinen Schimmer, was ich eigentlich machen sollte. In der Gartenbauschule hatte ich wenigstens Kameraden gehabt, die mich mochten und akzeptierten, die so tolerant waren, dass sie mich nie in gleicher Weise verspotteten wie die Mitschülerinnen im polytechnischen Lehrgang.

Ich hätte damals sogar – wäre alles anders gewesen – eine wunderschöne erste Liebe haben können. Wir hatten einen Zwanzigjährigen in der Klasse, der uns Fünfzehn -, Sechzehnjährigen schon sehr erwachsen vorkam, und der verliebte sich in mich. Er sprach viel mit mir, lächelte versonnen, war stets in meiner Nähe.

Ich mochte ihn mit seinem kernigen Aussehen, seinem klugen Gesicht und mit seinem offensichtlichen Interesse an mir. Und eines Tages, als wir beide allein auf dem Weg in den Keller waren, wo unsere Garderoben lagen, versuchte er plötzlich mich an sich zu drücken und zu küssen. Aber ich erschrak furchtbar. Ich war noch zu jung und unerfahren. Ich riss mich los und floh in panischer Angst nach oben. Er eilte mir nach und seine Stimme klang flehend, als er mich fragte, ob wir uns nicht irgendwo treffen könnten. „Nein, nie!" keuchte ich entsetzt, worauf ich mich auf der Toilette einriegelte und abwartete, dass mein Herz aufhören würde, so wild zu schlagen.

Ich musste denken, wie „komisch" ich war. Eigentlich mochte ich ihn doch. Warum erschrak ich nur so? Ich fand es bedauerlich, dass er von da an nur noch herablassend mit mir sprach und mich über meinen Glauben ausfragte.

Er sah mich an mit einem Ausdruck traurigen Erstaunens, in das sich etwas wie Verachtung mischte. Ich selbst fand mich absolut verkorkst. Das war ja unglaublich, wie ich mich verhielt! War ich noch normal? Und dennoch konnte ich nicht dagegen an.

Da meine Eltern mir nicht bei der Berufswahl halfen, da ich selbst so ohne jede Erfahrung war, kam mir nicht eine einzige Idee, welche Ausbildung ich anstreben sollte.

Letzten Endes musste ich aber irgendetwas tun. Irgendwie einen Job suchen, Geld verdienen.

Meine geliebte Josefa Navratil hatte eine Bekannte, die ein Kindermädchen für ihre acht Monate alte Tochter suchte, weil sie wieder als Lehrerin in den Beruf einsteigen wollte. Also stellte ich mich dort vor. Und wieder scheiterte ich an meiner Unerfahrenheit.

Das Baby stresste mich. Ich hatte Angst vor ihm. Wenn es auf meinem Arm saß und friedlich war, mochte ich es sehr. Aber ich kam nicht mit seiner Pflege zurecht, war ja selbst noch ein Kind - und überhaupt nicht vertraut mit Kinderbetreuung. Also brach ich auch diesen Versuch wieder ab und verbrachte meine Tage zu Hause, wo ich auf der Couch lag, viel las und auf eine Eingebung wartete, was ich weiter tun sollte.

Ich kann mich erinnern, wie verzweifelt wütend ich auf meinen Vater war, der sich nicht mehr für mein Vorwärtskommen interessierte und weiter nach seiner bissigen Art seinen Glauben pflegte, mich hingegen völlig ignorierte - und natürlich war auch meine Mutter bar jeglicher Vorstellung eines Weges für mich, da sie selbst nie eine Ausbildung genossen oder einen Beruf erlernt hatte. Sie arbeitete stundenweise als Putzfrau - darin allerdings war sie richtig gut. Aber das war für mich verständlicherweise auch keine Alternative.

Schließlich fand ich einen Halbtags-Bürojob bei einer Zeugin, die zusammen mit ihrem ungläubigen Mann eine Siebdruckerei betrieb. Ich erhielt einen geringen Stundenlohn und war das „Mädchen für alles".

Ich war noch so jung, ich wirkte auf die vier Arbeiterinnen noch wie ein Kind. Sie ließen mich ihre Überlegenheit spüren, und ich fühlte mich unsicher, sprach nur das Notwendigste mit ihnen und versteckte mich am liebsten an meinem Schreibtisch im Büro. Zwar empfand ich diesen nicht wirklich als „mein", als etwas, das zu mir gehörte, sondern als etwas Fremdes. Wie sich der ganze Job sehr fremd und neu anfühlte für mich. Die ganze Arbeitswelt schien mir irgendwie feindlich zu sein.

Dennoch war ich jeden Morgen pünktlich dort und versuchte alles richtig auszuführen, was mir aufgetragen wurde.

Es war noch immer sehr schwer zu Hause. Meine Eltern hatten ständig Streit. Besonders mein Vater wütete und geiferte in einer Weise, die mir zeigte, wie viel gnadenloser Hass in ihm war, ein Hass, der in der Vergangenheit seine Wurzeln hatte und sich nun blindlings über meine Mutter und mich ergoss. Denn ich konnte es nicht wie mein Bruder machen: der setzte sich in seinem Zimmer die Kopfhörer auf und hörte Musik, während die gellenden Stimmen meiner Eltern aus unserer Wohnküche drangen.

Ich konnte es nicht so geschehen lassen. Ich lief hinaus zu den Streithähnen und weinte und versuchte zu schlichten. Ich redete ihnen gut zu, während mir die Tränen unaufhörlich übers Gesicht liefen, aber mein Vater ging weiter hasserfüllt auf meine Mutter los, die sich heftig wehrte. Mein ganzes dringendes Bedürfnis, ihren Streit zu schlichten, ging ins Leere.

Manchmal redete ich mit meinem Vater alleine, redete ihm wie mit Engelszungen zu, er möge meine Mutter doch verstehen. Er möge barmherzig sein und ihr alles verzeihen. Er schien es im Moment einzusehen, aber kaum wurde er ihrer wieder ansichtig, ging die Gehässigkeit aufs Neue los. Und seine Wut über meine Mutter machte auch vor Bernd und mir nicht Halt. Er zog uns mit hinein, schonte uns nicht und wollte, dass wir für ihn Partei ergriffen. Taten wir das nicht, traf auch uns seine ständig überfließende Wut.

Damals nahm er mich morgens immer ein Stück mit dem Auto mit, wenn ich ins Büro musste. Und da er mich im Auto so schön sicher hatte, fauchte und geiferte er mich manchmal so gehässig an, dass mir nur noch die Tränen übers Gesicht liefen und ich mich hilflos wütend, verletzt und ausgeliefert fühlte. Erst wenn er sah, dass ich bereits völlig erschöpft war vom Weinen, hörte er auf. Oder musste aufhören, da die Ecke, wo ich immer ausstieg, erreicht war.

Noch immer weinend und außer mir betrat ich das Büro. Der Chef sah mich missbilligend an, aber er sagte nichts. Erst als die Chefin, seine Frau (meine Glaubensschwester) eintrat, fragte er sie, was denn los sei. „Familienstreit", antwortete diese verständnisvoll und ließ mich in Ruhe, bis ich wieder einigermaßen fähig war, mich zu sammeln und auf die Arbeit zu konzentrieren.

Ich wäre so gern von meinen Eltern weggezogen, aber ich konnte nicht. Ich war erst knapp siebzehn Jahre alt, hatte kein eigenes Geld, war noch ein richtiges Kind, erzogen in einem Glauben, der dem Leben und der Freiheit abträglich war. Ich wusste nicht, was tun. Ich weinte oft so sehr, dass mir ganz übel wurde und ich einen richtigen Kater bekam mit Kopfschmerzen und einem schrecklich wunden Gefühl in der Seele, einem hinfälligen Nervenzustand, der mich zwang, mich hinzulegen und gar nichts zu tun.

Bernd ging es etwas besser als mir. Er war nach der Hauptschule in die Höhere Technische Lehranstalt gegangen, wo er sich gut zurechtfand und relativ mühelos mit dem Lehrstoff zurechtkam. Auch machten ihm die ewigen Streitereien nach wie vor weniger als mir. Denn er zog sich in sein Zimmer zurück, machte die Tür zu und war bei sich.

Er hatte die Kopfhörer über den Ohren und lernte dabei, wiederholte den durchgenommenen Lehrstoff, sodass er mit der Schule mühelos zurechtkam. Er konnte sich abgrenzen, seine eigene Welt für sich behalten und schützen. Im Gegensatz zu mir.

Ich bangte um die Eltern, war voller Lebensangst und vermochte nicht, mir ein eigenes Leben aufzubauen, wie es gut für mich gewesen wäre.

Uns wurde in der Versammlung ständig gesagt, wie wichtig, ja wie lebensrettend notwendig unser Predigtdienst sei. Wir mussten immer wieder zu den Menschen gehen und sie warnen und ihnen predigen, damit sie rechtzeitig umkehren konnten und gerettet würden, wenn Jehova seinen Krieg führen würde.

Ich hatte keinen Grund, daran zu zweifeln, denn meine ganze Welt bestand aus gläubigen Zeugen Jehovas. Und dennoch tat ich diesen Dienst so ungern. Ich wusste, dass gerade wir jungen Leute in der Versammlung als diejenigen angesehen wurden, die sich, frei von hindernden Umständen, ganz besonders dem Werk Gottes widmen sollten. Und ich war tatsächlich „frei", denn ich fand keinen beruflichen Werdegang, hatte nicht viel zu tun oder zu lernen.

Was lag näher als die Überlegung, dass ich den so genannten „Pionierdienst" wählen sollte, ein halb schon berufliches Predigen gehen mit hoher Stundenzahl. Das galt in der Versammlung als ein sehr angesehener Weg, mit einem beliebigen Halbtagsjob seinen Lebensunterhalt zu verdienen und die andere Hälfte des Tages dem Predigtdienst zu widmen.

So wollten es alle, mit denen ich darüber sprach. Wenn ich schon nur halbtags arbeiten ginge, ärgerte sich mein Vater, so solle ich wenigstens Pionierin werden. Dann täte ich was Nützliches. Also überlegte ich es mir.

Ich war aber nun mal keine von den „guten" Predigerinnen, die mit Eifer und vollem Einsatz im Predigtwerk unterwegs waren, die mit Überzeugung von den biblischen Lehren sprachen und unermüdlich bestrebt waren, die Menschen in ihren Wohnungen mit der „Wahrheit" zu erreichen und bekannt zu machen.

Ich war ganz anders. Nicht so überzeugt. Ich war still und brauchte jedes Mal viel Überwindung, um überhaupt etwas an den Türen zu sagen oder wenigstens eine Zeitschrift zurückzulassen – aber ich wirkte nie sehr überzeugend. Das wusste ich und das merkten auch die Menschen, mit denen ich sprach.

Meine eigene tief innere Überzeugung stand auf schwachen Beinen. Ich hatte im Grunde gar nicht die Sicherheit, mit meinem unwilligen und auch sehr unprofessionellen Predigen irgendetwas Gutes zu bewirken. Ich tat es, weil ich musste. Weil ich jung war und gesund und auch Zeit hatte im Übermaß. Und weil Jehova es verlangte. Aber in Wirklichkeit wollte ich es nicht.

Dann passierte etwas, das mir einen kräftigen Ruck in Richtung Pionierdienst gab.

8.

Eines Abends in der Versammlung wurde angekündigt, dass wir zwei Missionarinnen bekommen würden, die uns unterstützen sollten. Ihre Namen waren Katja Küster und Helene Dörfer. Ich hatte gleich ein gutes Gefühl, als ob die beiden Genannten, besonders Katja (deren Name mir gefiel), noch große Bedeutung für mein Leben haben sollten. Als ob mein Dasein einen neuen Sinn durch sie erhalten würde.

An diesem Abend nach der Versammlung ging ich hoch gestimmt zu Bett, und ich freute mich auf den nächsten Donnerstag, wenn wieder Versammlung war und ich die beiden endlich sehen würde.

Die ganze Woche über trug ich mich mit Gedanken an die Änderung, die einkehren würde und an das schöne, neue Leben, das auf mich warten würde, wenn die beiden da wären. Ich gab ihnen schon eine Woche lang im Voraus meine Sympathie. Sie würden diese nicht enttäuschen, dessen war ich sicher.

Dann war es so weit. Katja und Helene betraten zum ersten Mal unseren Königreichssaal. Ich sah ihnen entgegen und hielt im ersten Moment die Schönere der beiden – Helene – für Katja. War dann ein bisschen enttäuscht, weil diese lockige, blauäugige, irgendwie dramatisch und zugleich mütterlich wirkende Missionarin

Helene war und die ebenfalls große, aber früh Ergraute, die immerhin eine edle Haltung zeigte, Katja Küster.

Die beiden schlossen sogleich Bekanntschaften in der Versammlung, verabredeten sich mit einigen zum Predigtdienst (den sie hauptberuflich ausübten, mit einer ganz geringen Bezahlung ohne Krankenversicherung – was mir damals schon unangenehm auffiel). Mit mir knüpften sie nicht sofort Kontakt.

Ich ging weiter zu meinem Bürojob, las nach wie vor ganze Nachmittage lang, fühlte mich unruhig und unzufrieden unter dem Druck, mehr Predigtdienst machen zu sollen und dem gleichzeitigen Wunsch, meinen Interessen zu leben.

Bis mich als erste Helene ansprach, wie alt ich sei, ob ich noch bei den Eltern wohne, was ich dazu sagen würde, mit ihr Predigtdienst zu machen. Mein Herz flog ihr sofort zu. Es war erfreulich, mit Helene unterwegs zu sein. Sie fragte mich über mein Leben aus und mir fiel es leicht, ihr von meinen Schwierigkeiten zu berichten. Zuversichtlich sagte sie (die immerhin sieben Jahre älter war als ich), dass ich bestimmt in ein paar Jahren glücklich und frei sein würde.

Um mir zu zeigen, wie geborgen sie selbst war, formte sie ihre schönen Hände zu einem Nest und sagte: „Ich fühle mich so geschützt von Gott wie ein kleiner Vogel in diesem Nest".

Obwohl ich trotz meiner achtzehn Jahre ihr gegenüber verlegen war, mochte ich sie sehr. Sie hatte so etwas überwältigend Gütiges und Reines.

Die andere, Katja Küster, zu der ich ebenfalls bald eine tiefe Zuneigung entwickeln sollte, sprach mich kurz danach ihrerseits an. Aus der Nähe gesehen war ihr Gesicht voller versteckter Schönheit und ihr ganzes Wesen anziehend und warm, ein bisschen dramatisch. Mit einem liebevollen Blick und dem tiefen Lächeln, das ihr eigen war und ihre schönen Zähne sehen ließ, fragte sie mich nach meinem Leben aus.

Ich erzählte, was ich so den Tag lang machte, von meinen familiären und beruflichen Schwierigkeiten, und Katja sah mich mit einer Wärme an, die mich sofort ihr zugetan machte. Ich hatte das Gefühl, dass da endlich jemand sei, der mich verstehe.

Und es entwickelte sich wirklich eine tiefe Freundschaft zwischen mir und diesen zwei innerlich großzügigen Frauen, besonders mit Katja.

Mit ihr beisammen zu sein wurde für mich zu meiner größten Freude. Und wenn auch der Predigtdienst Vorrang hatte, so nahm sie dennoch Anteil an mir und meinem Leben und sprach, während wir zusammen unterwegs waren, viel über mich und meine Situation.

Ich wusste mir bald nichts Schöneres mehr, als ihre Ratschläge zu hören. Aber wir mussten, wenn wir zusammen waren, immer Predigtdienst machen, denn dieser stellte Katjas Beruf dar und ich hatte nur auf diese Weise die Möglichkeit, mit ihr über alles zu reden.

Missionarinnen haben nicht nur die Pflicht, die biblischen Lehren zu den Menschen der Welt zu tragen, sondern auch, sich um die Schwächeren in der eigenen

Versammlung zu kümmern. Katja sah mich bald als jüngere Schwester an und tat nun alles, was in ihrer Macht stand, um mich im Predigtdienst sattelfester zu machen.

Bevor wir in unser „Gebiet" fuhren, nahmen wir uns die Zeit, uns zusammenzusetzen und genau unser Vorgehen an den Türen zu erörtern. Sie besprach mit mir, was wir einleitend sagen würden, auf welche Bibeltexte wir hinarbeiten und welche Taktik wir insgesamt verwenden würden. Sie war so geübt im Dienst, dass sie jede Woche (was im Übrigen auch angeregt wurde) ihre Einleitung sowie ihre gesamte Predigt abänderte und dabei herausfand, was besonders ankam und wobei uns die Menschen am ehesten zuhörten.

Wir trafen uns auch viel in unserer Freizeit. Ich liebte es, in der kleinen, romantischen Wohnung der beiden zu sein und regen Gedankenaustausch mit ihnen zu pflegen.

Wir sprachen über alles: Kosmetik, Ernährung, Bücher (Katjas Lieblingsbuch war „Kristin Lavranstochter" und Helenes „Die Buddenbrooks", welche mir beide auch sehr gefielen). Wir sprachen über unsere Eltern, Geschwister, Freunde. Wir besprachen, was zu Hause oder in der Versammlung neues vorgefallen war. Sie hatten beide einen großen inneren Zug. Es stellte sich heraus, dass sie im Grunde ihres Herzens Künstlerseelen waren.

Sowohl Katja als auch Helene besaßen wunderbare, makellose Opernstimmen. Ich war überrascht, hingerissen, berauscht von ihrem vollkommenen Gesang, als ich sie zum ersten Mal hörte. Es war geradezu überwältigend. Sie konnten Mozart-, Beethoven- und Schubertlieder auf einem derartigen Niveau singen, dass ich sie kaum passend am Klavier zu begleiten vermochte, obwohl ich mir Mühe gab. Aber an solche Talente reichte mein Können einfach nicht heran. Und so etwas vergeudete sich im Predigtdienst, statt die ganze Welt mit ihrem Gesang zu beeindrucken!

Ich sagte ihnen, dass es verbrecherisch wäre, so eine Begabung verfallen zu lassen. Vielmehr müssten sie doch alles in ihrer Macht Stehende tun, um ihre Stimmen schulen zu lassen und beruflich zu singen – bei einem derart schönen Organ, mit dem sie alle beide gesegnet waren.

Katja sagte nur traurig: „Ich könnte nicht vor Publikum singen, das würde mich zu befangen machen und meine Stimme wäre weg.". Und Helene berichtete, dass ihr Vater (der leider früh verstorben war) ihr den Rat gegeben hatte, entweder ihr Talent zum Malen oder diese großartige Singstimme ausbilden zu lassen und beruflich zu verwerten. Aber sie hatte sich der Bibel zugewandt und nach dem Tod des Vaters ihren Traum wahr gemacht und war Missionarin bei den Zeugen Jehovas geworden.

Das muss man sich erst mal vorstellen, eine solche Begabung zu besitzen und den ganzen Tag nichts anderes zu tun als an den Türen zu läuten und über biblische Lehren zu reden, wobei man spürt, dass die meisten Menschen einen ablehnten, dass man unbeliebt ist.

Wie oft hörten wir im Dienst: „Belästigen Sie uns nicht", und Katja fragte ganz erschrocken, ob sie das wirklich so gehässig meinten, denn: „Belästigen Sie uns nicht!" war ja noch eine ganze Stufe ärger als: „Nein Danke, kein Interesse"!

Katja wollte niemanden belästigen, aber sie war von klein auf bei den Zeugen gewesen und kannte nichts anderes und dachte immer, sie brächte den Menschen so etwas Schönes, Herrliches, und dann hörte sie nur: „Belästigen Sie uns nicht"! Sie war ganz durcheinander, denn sie wollte Gutes tun und kannte einfach nichts anderes als den Missionardienst.

Ihre Eltern hatten es für sie so gewollt, erzählte sie, wobei sie mir heimlich anvertraute, dass sie sehr gerne Lehrerin geworden wäre. Das läge ihr, darin könnte sie gut sein. Aber die Eltern wollten sie partout als Missionarin der Zeugen Jehovas sehen. Und das, obwohl sie ihre Stimme und ihre hohe Musikalität sehr wohl zu schätzen wussten. Warum förderten sie diese dann nicht? So etwas kam mir schon damals - gelinde gesagt – sehr merkwürdig vor.

Ich kannte ihn gut, diesen Abstand der Zeugen von allgemein gültigen Werten wie z.B., dass jeder Mensch einen Beruf lernen sollte, der ihm Freude machte, für den er geeignet war - Anschauungen also, die in der ganzen Welt als gut und förderlich galten. Die Zeugen aber sahen den höchsten Wert im Predigtdienst und nicht in einem passenden Beruf oder sonstigen „weltlichen" Werten. Obwohl es für jeden in der Versammlung besser gewesen wäre, sich schlicht und einfach um sich selbst und sein eigenes Vorwärtskommen zu kümmern. Das hätte wahrhaftig mehr gebracht.

Heute tut es mir Leid um die Stunden, die ich im Predigtdienst vergeudet hatte. Heute weiß ich, dass es wesentlich nützlicher für mich gewesen wäre, einen guten Beruf zu erlernen, als mich so für die Zeugen abzuplagen. Aber ich wurde ja in der Familie nicht gefördert. Mein Vater hasste sein eigenes Arbeiten. Er war schon lange bei der Bundesbahn und verdiente nicht schlecht, aber er hasste seinen Beruf. Und wie schon zuvor geschildert, dachte er nicht im Traum daran, seiner Tochter die Wege zu ebnen, ihr bei der Berufswahl zu helfen und sie zu befähigen, ein angenehmes Leben zu führen. Er wusste ja, dass ich den Predigtdienst nicht mochte und ohne Katja sicher nicht so viel gegangen wäre. Er wusste, dass ich dieses Leben hasste, aber das fand er ganz richtig und passend, denn sein eigenes Leben war ihm genau so verhasst. Warum sollte es seine Tochter besser haben?

Diese Einstellung, dass Arbeit in jedem Fall etwas Unangenehmes, ja Verhasstes sein musste, hatte schlimme Auswirkungen auf mich. Denn ich wusste wirklich nicht, wie ich es anstellen sollte, mir mein Leben so einzurichten, dass es mir Freude machte.

Ich wollte mich so gern besser fühlen. Das Klima, das mein Vater zu Hause schuf, war traurig, schmerzvoll und Angst machend. Ich wusste, dass es unsinnig war, an einen sinnerfüllten Job auch nur zu denken.

Drum blieb ich bei meinem Bürojob, den ich überhaupt nicht mochte, aber ich wusste einfach nicht, was ich anderes hätte beginnen sollen. Die Dinge, die mich interessierten, konnte ich nicht zu meinem Beruf machen. Ich wusste nicht, wie das hätte funktionieren sollen. Ich war kraftlos und allein, niemand unterstützte mich. Und jeden Morgen trottete ich wieder ins Büro, gelähmt, frustriert und erschöpft. Ohne Hoffnung auf etwas Besseres.

Bis mir meine Chefin und Glaubensschwester mitteilte, dass sie mich leider entlassen müsse, weil sie und ihr Mann das Geld für meinen Job nicht mehr aufbrächten. Ich nickte nur dazu. Die Menschen bestimmten über mich. Ich hatte nichts in der eigenen Hand.

Ich fühlte mich mutlos. Ich war immer unterworfen gewesen meinem Vater, meiner Mutter, den Lehrern, den Erwachsenen ganz allgemein und natürlich den Zeugen. Ich wusste gar nicht, dass es so etwas wie Selbstbestimmung gab, dass ich wählen konnte, wer ich sein und was ich denken wollte.

Ich war die ganzen Jahre beflissen gewesen, es den Erwachsenen Recht zu machen. Ich war so unterjocht gewesen, dass ich mit achtzehn gar nicht auf den Gedanken kam, selbst über mein eigenes Leben bestimmen zu können. Niemand hatte mir das je bewusst gemacht. Außerdem war ich bereits selber depressiv, „angesteckt" von meinen Eltern, benommen und ohne Kraft, und ich erwartete, dass mir einer sagen sollte, was ich nun eigentlich anfangen sollte mit mir und meinem Leben.

Katja kam und sagte es mir. „Du brauchst einen Job, von dem du leben kannst", riet sie mir. „Ich habe gesehen, dass der Merkur Markt Regalbetreuerinnen sucht. Das könntest du ja machen.".

Gut, ich war zwar im Inneren ein Bücherwurm und musikbegeistert, aber das war ja nicht wichtig. Also versuchte ich den Job im Supermarkt.

Er verlangte kein besonderes Geschick. Man musste mittels einer Art Pistole die Preise auf die Waren drücken („anschießen" nannten sie es) und die Regale schön gleichmäßig mit den verschiedensten Dingen befüllen. Es war nicht schwer, aber es gefiel mir nicht. Niedergedrückt tat ich meine Arbeit, in Gedanken ganz woanders und dennoch unfrei, und die Stunden wurden mir lang. Ich fühlte mich schrecklich fehl am Platz.

Meine unmittelbare Vorgesetzte war ein Miststück von ausgesuchter Bosheit, sie stieß die Kunden, die etwas Bestimmtes suchten, gerne vor den Kopf, lachte und flirtete mit dem ebenfalls widerlichen Geschäftsführer und sagte über jeden etwas Schlechtes, auch über mich. Sie behandelte mich als wäre ich geistig minderbemittelt und lobte sarkastisch meine „Bravheit".

Dazu den ganzen Tag die Geräusche und Gerüche eines Supermarktes, in den ich überhaupt nicht passte. Das war mal wieder typisch: ich durfte nicht „ich selber" sein, kein Mensch mit Innerlichkeit und ganz bestimmten Begabungen, der nun einmal nicht für den Supermarkt geeignet war. Für mich war das Arbeiten dort eine Tortur, und manchmal, wenn ich depressiv war, empfand ich jeden Handgriff als reinste Qual.

Nach drei Wochen erlöste mich ein Unfall aus diesem unerfreulichen Joch. Ich war wie gewöhnlich mit dem Rad zur Arbeit gefahren und war unglücklich gestürzt, als ich versuchte, einem rücksichtslosen Autofahrer auszuweichen. Meine linke Schulter tat weh, sie war geprellt. Ich konnte den Arm nicht heben.

Als ich das meiner Vorgesetzten sagte, lachte sie nur und meinte, sie wären hier doch kein Krankenhaus. Ich solle schön nach Hause gehen und nichts tun, das läge mir sicher besser. Und der herbeigeholte Geschäftsführer sagte nur boshaft zu mir, ich bräuchte nicht mehr zu kommen. Sie hätten keine Verwendung für Leute, die nicht einmal Rad fahren könnten.

Gekränkt und mit schmerzender Schulter fuhr ich nach Hause. Meine Mutter war überhaupt nicht besorgt sondern rief nur wütend aus: „Jetzt hast du diesen Job auch wieder verloren!", und sie war so böse auf mich, dass sie völlig übersah, dass ich mir ja die Schulter verletzt hatte.

Ihre Haltung tat mir seelisch sehr weh, es war eine noch tiefere Kränkung als das, was die boshaften Vorgesetzten gesagt hatten. Ich weinte lange wegen meiner Mutter.

Aber nach ein paar Wochen waren die Schmerzen weg und ich konnte mich wieder bewegen. Ich war froh, den widerwärtigen Job los zu sein. Nur: was sollte ich jetzt tun?

Mein Vater reagierte ungnädig. „Wenn du schon keinen Pionierdienst machen möchtest", sagte er zu mir, „kannst du auch ganztags arbeiten gehen!". Und er suchte mir einen Bürojob bei einem Uhrmacher, der jemanden brauchte, um das Telefon zu betreuen, Kaffee zu kochen und alles zu tun, was gerade anfiel. Wieder mal

„Mädchen für alles", und diesmal für vierzig Stunden in der Woche.

Ich kann mich noch erinnern an meinen ersten Tag bei diesem Uhrmacher. Ich war verlegen, verwirrt und ein wenig depressiv und fühlte mich sehr fremd. Ich fand mich in einem kleinen Büro wieder, das mir absolut unvertraut war. Ich hatte ein unbehagliches Gefühl. Am Fenster stand eine üppige, hellgrüne Zimmerlinde, und mein ängstlicher Blick verfing sich immer wieder in deren Blättern – dem Einzigen, was ich schön fand dort.

Den Chef mochte ich ganz gern, obwohl er seinen zwei Gesellen gegenüber eher selbstherrlich auftrat und überhaupt sehr weltgewandt war, was mich, die kindlich Naive, anfangs stark einschüchterte.

Ich musste ihn von Anfang an am Telefon verleugnen, musste also lügen, und das machte mich krank. Unter diesen Umständen kamen mir neun Stunden am Tag zu viel vor. Ich musste Rechnungen tippen, das Telefon abheben, Blumen gießen, Kaffee kochen, Uhrgehäuse waschen, Ersatzteile sortieren, in ganz Wien herumfahren und Ersatzteile besorgen und darüber hinaus einmal sogar zwei leer stehende Wohnungen, die der Chef vermieten wollte, gründlich herrichten und reinigen.

Ich hatte wahrhaftig keine Freude an diesem Job.

Viel später erst ist mir eingefallen, dass es sehr viel besser gewesen wäre, wenn ich mich in diesem Uhrmacherbetrieb als Lehrling eingefunden hätte und nicht als die unterbezahlte Bürohilfskraft, die ich war. Beim Ersatzteile Besorgen fühlte ich mich wichtig, so, als sei ich Lehrling in diesem Beruf. Und erst heute kann ich sehen, um wie viel mir das beim Aufbau eines gesunden Selbstwertgefühls geholfen hätte. Und bei der Gestaltung eines zufrieden stellenden Lebens.

Dass ich nur eine Hilfskraft war, kränkte mich, ohne dass ich mir dessen bewusst wurde. Ich empfand mein Leben als verpfuscht, und ich konnte nichts daran ändern.

Ich versuchte einen Weg zu finden. Aber mein öder Job, die Zeugen, meine desinteressierten Eltern und mein ganzer trostloser Alltag bildeten einen kräftigen Widerstand. Ich hatte einen Traum, den Traum von der Musik, aber ich konnte ihn nicht verwirklichen. Ich würde nie beruflich mit Musik zu tun haben. Ich sah keinen Sinn im Leben. Infolgedessen verfiel ich zunehmend in Depressionen.

Dann aber ereignete sich eine Begebenheit, die mich wieder neu belebte und mich glücklich machte: ich verliebte mich zum ersten Mal.

9.

Er hieß Emanuel und war von kleiner Statur, hatte langes, dunkles Haar und ausdrucksvolle Augen. Er war stets schwarz gekleidet, hatte runde, bewegliche Hände und sah im Ganzen weich und romantisch aus.

Er war in Argentinien geboren und hatte dort als Pianist Karriere gemacht. Dann war irgendetwas in der Familie passiert und er kam nach Österreich, wo er Verwandte hatte.

Er war zweisprachig aufgewachsen und sprach ein schönes Deutsch mit einem charmanten, unauffälligen Akzent. Ich war ihm hie und da in der Versammlung begegnet, die er nicht ganz regelmäßig besuchte. Aber wir hatten noch nie miteinander gesprochen.

Katja, die engeren Kontakt mit ihm hatte, erzählte mir im Predigtdienst, dass Emanuel nicht wusste, wovon er leben sollte. Das Klavierstunden geben spannte ihn an, machte ihn nervös und war nicht gut für ihn. Er konnte sich nicht als Musiker etablieren. Außerdem hatte er vor, weiter zu studieren und letztlich Dirigent zu werden. Momentan verdiente er seinen Lebensunterhalt, in dem er Reklamezettel verteilte. „Er muss sich seine feinen Klavierhände verderben, um überhaupt leben zu können", sagte Katja traurig.

Und ich war gleich voller Anteilnahme. Ihre Bemerkung bewegte etwas in mir, machte mich neugierig. Ich sah ihn vor mir, ganz in schwarz und mit langem Haar, und ich wollte mehr von ihm wissen.

Sie erzählte, dass er trotz seiner Abneigung gegen das Unterrichten ausgesuchten Leuten Klavierstunden gab, und das brachte mich auf den schönen Gedanken, bei ihm Stunden zu nehmen. Ich hatte doch damals nach meinen Anfängen wieder mit dem Lernen aufgehört, weil meine Mutter es nicht mochte.

Das war ja herrlich, zwei Fliegen mit einer Klappe, mir wäre geholfen, weil ich mich wieder mit Musik beschäftigen konnte, und ihm, weil er jemandem, der ihn von vorn herein kannte und mochte, sicher lieber Stunden geben würde als jemandem Unbekannten. Ich wäre bestimmt eine besonders nette Klavierschülerin für ihn. Und von meinem Gehalt beim Uhrmacher konnte ich ihn gut bezahlen.

Dieser Gedanke, der mich mit erwartungsvoller Freude erfüllte, setzte sich fest in meinem Kopf. Und als ich bei der nächsten Zusammenkunft Emanuel sah, betrachtete ich verstohlen seine Hände. So also sahen Pianistenhände aus! Sie waren klein und weich wie alles an ihm, und ich wusste nicht, dass es schon Liebe war, was ich empfand, als ich meine Blicke auf seinen Händen ruhen ließ.

Das war der Anfang.

Bewusst wurde mir meine Liebe zu ihm erst eine Woche später, als ich mit meinem Bruder am Moped saß und zur Versammlung fuhr. Da sah ich Emanuel am Gehsteig wandern inmitten der Familie Göckel, die mit ihm befreundet war. Schwester Göckel war, bevor sie eine Familie gegründet hatte, selbst Pianistin gewesen.

Ich kannte sie gut, weil sie mir einmal Nähen beibringen wollte. Wir saßen lange Stunden beisammen und nähten an einer Bluse. Ich lernte gern bei ihr.

Hannelore Göckel war schwergewichtig, dominant und manchmal etwas heftig. Aber sie mochte Emanuel. In ihrer behäbigen Art hatte sie ihn unter ihre Fittiche genommen.

Ich sah ihn also da am Gehsteig wandern und spürte, wie sich mein Herz weit und freudig öffnete, und dann dachte ich: „Ich bin ja verliebt in Emanuel!", und gleich darauf sehr pessimistisch: „Das hat mir gerade noch gefehlt!". Denn von meinem Leben enttäuscht, wie ich war, konnte ich nicht glauben, dass mir einmal etwas wirklich Schönes begegnen konnte. Auf jeden Fall würde es schmerzend enden, ahnte ich düster.

Aber in Wirklichkeit begann an diesem Tag etwas Reiches und Schönes.

Ich sprach Emanuel auf meinen Wunsch hin an, Klavierstunden bei ihm zu nehmen, und er sagte sogleich zu. Da war nur ein Problem: Ich besaß kein Klavier mehr. Unser altes, abgenütztes Instrument hatten wir weggegeben.

Aber Emanuel wusste sogleich Rat. Ich würde bei ihm und bei Schwester Göckel üben können, das ließe sich machen. So begannen meine Stunden bei ihm.

In seinem Zimmer, in seiner kleinen Wohnung, die er sich leisten konnte, sah alles genau so aus, wie ich es mir vorgestellt hatte. Voller Innerlichkeit und Verträumtheit.

Er rauchte nicht und das Zimmer roch gut. Die Möbel waren alt und harmonierten aufs Beste miteinander. Die Farben der Tapete und der Vorhänge, goldgrün und weinrot, ließen den Raum warm und wohnlich aussehen. An der Wand hingen Bilder: ein tiefer blauer Waldsee im Mondlicht, ein lesendes Mädchen im blauen Kleid, eine Liebesszene unter hohen Bäumen. Und in der Ecke stand sein schwarzes, großes Konzertpianino.

107

Es war ein gutes Klavier mit erstaunlich vollem Klang. Und hingerissen von ihm und seiner Wohnung nahm ich meine erste Stunde.

Als sie vorbei war, schien die Welt eine andere zu sein. Ich ging träumend zur Straßenbahn und alles war voll tiefer Bedeutung, ganz anders als die übliche nichts sagende Leere, die ich gewohnt war. Und so blieb es, so lange ich bei ihm lernte. Nach jeder Klavierstunde schien mir die ganze Welt verändert. Und ich fühlte mich glücklich.

Er lehrte mich nicht nur Klavier spielen, sondern gab mir auch eine Ahnung von Harmonielehre und Kompositionskunst. Darüber hinaus unterhielten wir uns zwischendurch über alles Mögliche. Über unsere Freunde, unsere Glaubensbrüder und -schwestern, über Argentinien, über mein Zuhause, meine Eltern, meine beruflichen Schwierigkeiten. Darüber hinaus kam ich zwei Mal in der Woche zum Üben zu ihm, und drei Mal zu Schwester Göckel.

Wenn ich übte, ging er fort und ließ mich in seiner kleinen Wohnung allein. Die Empfindungen, die ich dort hatte, waren einzigartig. Dieses verliebte und wunderbare Gefühl, die Luft zu atmen, die ihn täglich umgab...dieses Erfüllt Sein von etwas Großem und Bedeutsamem...ich liebte und war glücklich, auch wenn ich nicht sicher wusste, ob er mich wiederliebte.

Ich war damals ein hübsches Mädchen, achtzehnjährig, schlank, mit dunklem Haar und offenen blauen Augen, zurückhaltend und empfindsam, zu dünnhäutig für diese Welt. Er hätte sich in mich verlieben können. Ich selber glaubte fest daran, denn würde nicht meine Liebe irgendetwas in ihm bewegen können, musste er mich nicht wiederlieben, schon allein weil ich es so stark wünschte?

Ich sah ihn öfter von der Ferne, auf einem Kongress, bei einem Vortrag, im Konzert. Jedes Mal war mir, als ob er mich auch ansah, mich genauso suchte wie ich ihn. Denn unsere Blicke trafen sich häufig. Jedes Mal war mir, als sei die Begegnung unserer Blicke nicht zufällig, als hätte er mich gesucht wie ich ihn.

Ich lernte viel für die Klavierstunden, obwohl ich ihm sagte, dass ich nicht sehr viel geübt hätte, bloß um von ihm beruhigt zu werden und gelobt. Vielleicht erschien ich ihm damals zu spröde oder meiner selbst nicht sicher. Das kam aber nur, weil ich vermeiden wollte, ihn meine Liebe zu deutlich spüren zu lassen. Er sollte unbeeinflusst seinen Weg zu meinem Herzen finden. Ich wollte nicht, dass er glaubte, ich liefe ihm nach. Und es war schön, genau wie es war.

Als ich mir ein eigenes Pianino leisten konnte – ich hatte lange dafür gespart – fand ich zu meinem Leidwesen keinen Vorwand mehr, um in seine Wohnung zu kommen. Bei ihm zu sein, in seinem Zimmer, in dem alles seinen Geist atmete, in der es förmlich duftete nach seinem Wesen, war mir immer so herrlich erschienen. Da ich aber nun ein eigenes Klavier besaß, kam er lieber zu mir, um mir Stunden zu geben, wie er das bei seinen anderen Schülern auch tat.

Ich hatte gerade ein Jahr bei ihm Stunden genommen, und ebenso lange hatte ich ihn geliebt und mir eingebildet, er liebte mich auch und sei nur zu schüchtern, um es mir einzugestehen. Da erfuhr ich durch eine der Schwestern in der Versammlung, dass er sich mit einem Mädchen namens Christine verlobt hatte.

Er hatte sich ganz einfach mit einer anderen verlobt, klammheimlich und ohne etwas zu sagen, obwohl doch ich ihn die ganze Zeit geliebt hatte! Ich war völlig vor den Kopf gestoßen.

Aber ich ließ mir nichts anmerken. Allzu elend wäre es mir erschienen, ihm meine Liebe und meine Enttäuschung aufzudrängen. Schweigend verbiss ich meinen Schmerz und meinen Kummer. Ich war zu stolz, um vor ihm zu weinen. Und letztlich ging es ihn nichts an, dass ich ihn geliebt hatte.

Ich tat vor ihm und vor allen anderen, als sei ich überhaupt nicht enttäuscht, als freue ich mich über sein Glück mit der hübschen Christine.

Mit wachen Sinnen, ein wenig boshaft schaute ich mich um und bemerkte, dass jedes weibliche Wesen in der Versammlung zwischen acht und achtzig auf irgendeine Art in ihn verliebt gewesen war. Sogar Katja, die immer gesagt hatte, er sei schon wegen seiner kleinen Statur für sie nur wie ein jüngerer Bruder, ein lieber Bruder, aber direkt verlieben könne sie sich nicht in ihn, schon weil sie selbst so stattlich gebaut war. Aber dennoch sprach sie oft und gern von Emanuel, und in ihren Augen lag ein verräterischer Glanz.

Die Erkenntnis, dass sie ihn alle geliebt hatten, ohne dass er es bemerkt hatte, wirkte befreiend auf mich. Es schmerzte nicht mehr so stark. Ich hatte es sehr genossen, ihn auf diese entrückte Art zu lieben, und nun hatte ich mich eben wieder entliebt. Dass ich ihm weder meine Liebe noch meine Enttäuschung gezeigt hatte, machte mich stolz und zufrieden. Alles hatte ich in mir selbst verwunden. Und ich habe nicht aufgehört, diesen romantischen Menschen tief in mir zu lieben. Ich bin ihm bis heute dankbar für die schöne Zeit meiner ersten Verliebtheit, auch, wenn es so enttäuschend geendet hatte.

Unter dem Eindruck dieser Liebe kam mir die Arbeit beim Uhrmacher immer trostloser vor. Ich blieb scheu und fremd dem Chef gegenüber, und seine Frau und seine sechzehnjährige Tochter konnten sich auch nicht anfreunden mit mir.

Für seine Tochter Anneliese war ich überhaupt ein exotisches Tier als Zeugin Jehovas. Beleidigend interessiert sprach sie mit mir, als wäre ich eine nie gesehene Attraktion. Und ihre Mutter war überheblich, prahlte mit Annelieses großer Klavierbegabung (das auch noch, dieses Mädchen hatte das unverschämte Glück, Musik studieren zu dürfen!) und ließ mich spüren, dass ich für sie absolut untergeordnet war und so unselbständig, dass sie immer wieder ins Büro kommen musste, um nach dem Rechten zu sehen. All das gab mir ein Gefühl der Beklemmung, und ich wünschte, ich wäre diesen Job auch wieder los.

Und nach den drei Probemonaten war es tatsächlich so weit. Ich wachte eines Tages so schwer depressiv auf, dass ich mich kaum waschen und anziehen konnte und in der Straßenbahn sogar weinte. Meine Bewegungen waren langsam und schleppend, dazu die geröteten Augen und die starre Mimik, so bekam mich mein Chef an diesem Morgen zu sehen. Als er flott wie immer einen Ordner verlangte, konnte ich dem Befehl nicht folgen und brach in Tränen aus, als er mich deswegen anherrschte. Er rauschte hinaus und ich weinte in mein Taschentuch. Der nettere von den beiden Gesellen kam und versuchte mich zu trösten. Ich wollte auf der Stelle kündigen. Aber der Chef kam mir zuvor.

Er sagte zu mir, dass ich wohl doch nicht so geeignet sei für diesen Job. Die Probezeit sei eben zu Ende, ich solle mir lieber eine andere Stelle suchen – „Ich wünsche Ihnen alles Gute!".

Und ich saß erneut auf der Straße, depressiv und orientierungslos. Ich wusste nicht, was ich weiter machen sollte.

Meine Eltern waren keineswegs erfreut. Meine Mutter seufzte, mein Vater ließ mich seine Verachtung spüren. Bei einer Gelegenheit sagte er zu mir: „Du hast ja noch nichts geleistet!" mit einem Gesichtsausdruck, der mir sagte, wie haushoch überlegen er mir war. Und wie unfähig dagegen ich selbst. Das unterminierte natürlich mein Selbstwertgefühl noch mehr. Ich fand mich selbst unfähig, unbegabt und einfach schlecht.

Mit Schuldgefühlen lag ich zu Hause auf dem Sofa und las, jedoch ständig die Forderung im Nacken, arbeiten gehen zu müssen. Ich konnte es nicht. Meine Eltern verstanden mich nicht. Dass ich gern einen künstlerischen Beruf haben wollte, fanden sie lächerlich. Und ich trieb immer weiter von mir weg. Stundenlang las ich die schon hundert Mal gelesenen Bücher, folgte gezwungenermaßen den Anforderungen meiner Religion und war im Ganzen so unglücklich, dass es Katja und Helene auffiel. Sie rieten mir, mehr zu Jehova zu beten.

Als mich Katja wieder mal mit der Forderung ansprach, ich solle morgen mit ihr predigen gehen, sagte ich nur, ich weiß nicht, wie es mir morgen geht. Völlig verständnislos antwortete sie: „Ist doch egal, wie es dir geht!". Das fand ich stark - ist doch egal, wie es dir geht. Ich schleppte mich so durch die Tage, nichts freute mich, ich war depressiv und mochte keine Menschen sehen, und nun sollte ich frisch und munter an die Türen klopfen und mich abweisen lassen, ganz egal, wie ich mich fühlte. Das war nicht der Weg für mich.

Aus meinem Frust heraus schrieb ich ein Gedicht, dessen erste Strophe lautete: „O Qual, wie tot zu sein und doch zu leben / zu atmen zwar, doch ohne jede Lust / nach allem Großen, Herrlichen zu streben / und klein zu sein und immer nur: du musst!".

Diese Worte trafen genau mein damaliges Lebensgefühl. Ich „musste" ständig irgendetwas. Ich musste predigen gehen, die Versammlung besuchen, endlos schwer verständliche Vorträge anhören, „studieren", irgendetwas arbeiten, um Geld zu verdienen – und das alles war so tot und leer und ohne jede Lust.

Dabei spürte ich im Innern eine Kraft, eine Hoffnung tief in mir, als könnte das Leben schön sein. Ich spürte die Liebe in meinem Herzen und den Willen, allen Menschen zu dienen, gut und hilfreich zu sein. Aber meine Eltern liebten mich nicht, noch nahmen sie selbst überhaupt meine Liebe an.

Ich galt ihnen nicht viel. Sie fühlten sich nur belastet von mir, jeder eingehüllt in seine eigenen Wirrnisse, als wäre ich etwas völlig Unnötiges. Das bereitete mir einen schrecklichen Schmerz, der immer da war und nie ganz verging. Ich war erst knapp neunzehn und lebte nicht gern. Was sollte ich tun, was würde mir helfen?

10.

Zunächst ging es darum, wieder Geld zu verdienen. Ich las die Annoncen in der Zeitung. Humanic suchte Schuhverkäuferinnen zum Anlernen. Ich dachte bei mir, dass ich es versuchen sollte. Wenigstens war die Arbeitszeit günstig: von dreizehn bis achtzehn Uhr.

In dem Schuhgeschäft fühlte ich mich gar nicht so schlecht. Abgesehen von meinen Depressionen freute mich die Arbeit meistens, aber ich hatte meine Schwierigkeiten. Ich brauchte zu lang für die Wege ins Lager, ich war unkonzentriert und vergaß den Platz wieder aufzuräumen, wo ich einen Kunden zuvorkommend bedient hatte. Ich hatte Angst vor den Menschen.

Die Arbeit verlangte mir einiges ab, aber es war gar kein schlechter Job. Er gefiel mir im Grunde. Und ich verdiente ganz gut.

Bis am Ende des fünften Monats der Chef mich zu sich rief und mir schonend beibrachte, dass er mich mit einer Abfindung entlassen müsse, denn ich sei getestet worden, und ich besäße kein Verkaufstalent. Sie suchten aber Spitzenkräfte.

„Nein, leider" sagte er, „Sie sind sehr freundlich, aber Sie können nicht verkaufen." Ich nickte nur, ich hatte schon verstanden. Niedergeschlagen fuhr ich nach Hause. Und der Vater hatte wieder einen Grund, verächtlich auf mir herum zu hacken.

Ich dachte nach. Mit irgendeiner Arbeit, einem Job zum Geld verdienen schien es einfach nicht zu klappen. Künstlerisch zu arbeiten war ein Traum, aber nicht zu verwirklichen. Ich dachte an Emanuel, dass es ihm widerstrebt hatte, Klavierstunden zu geben. Dennoch war er ein sehr hoffnungsvoller Mensch und hatte Talent, ein großes Talent sogar. Und das besaß ich auch, das spürte ich in mir, wenn ich in mich hineinhorchte, da war etwas, eine Art Glücksgefühl, irgendetwas Hoffnungsfrohes, ganz mir Zugehörendes: eine wirkliche Sprachbegabung, gute künstlerische Anlagen.

Ich dachte ganz von ferne über das Schreiben nach.

Emanuel hatte mir nicht zuletzt deswegen imponiert, weil er sich allmählich loslöste aus der Gemeinschaft der Zeugen. Er hatte mir erzählt, er könne an vieles nicht mehr glauben. Er konnte oder wollte nicht glauben, dass die neue Welt, das tausendjährige Paradies einzig und allein von Zeugen Jehovas bevölkert sein würde. Es gäbe doch in allen anderen Religionsgemeinschaften und sogar außerhalb jeden Glaubens gute, ethisch einwandfreie, wertvolle Menschen. Oder glaubte ich wirklich, Gott würde in seinem Krieg alle vernichten, die keine Zeugen waren oder auch nur sein wollten? Das war doch Schwachsinn, das müsse ich zugeben.

Als er so zu mir sprach, wurde mir bewusst, dass ich ähnlich dachte. Ich konnte mir ein Paradies nicht vorstellen, in dem es nur lauter gleichgeschaltete Leute gäbe und nicht die verschiedenste Menschen und Meinungen, eben nur Zeugen Jehovas, deren Denken ich bereits als sehr eingeschränkt empfand. Und was war mit all den anderen wunderbaren, hoch moralischen, liebevollen Personen, die nicht an Jehova glaubten, obwohl sie so wertvoll waren? Hätten diese Menschen nicht auch das Recht, für immer in einem irdischen Paradies zu leben? – Nein, ich fühlte mich nicht mehr so richtig wohl mit dem Glauben, der mir seit meinem siebenten Lebensjahr beigebracht worden war.

Dennoch konnte ich mir nicht vorstellen, die Zeugen-Gemeinschaft zu verlassen. Solche, die vom „wahren Glauben abgefallen" sind, galten für die Zeugen als „schlimmer denn die Ungläubigen". Sie waren diejenigen, von denen Petrus gesagt hatte: „Es wäre für sie besser gewesen, den Pfad der Gerechtigkeit nicht erkannt zu haben … (sie sind wie) der Hund, der zum eigenen Gespei zurückgekehrt ist und die gebadete Sau zum Wälzen im Schlamm." (2.Petr.2:21-22).

Wollte ich so sein? - Wer will das schon! Die Bibel war voll von solchen erniedrigenden Vergleichen, wenn es um diejenigen ging, die „die Wahrheit" einmal gekannt hatten und dann „abgefallen" sind und „nicht mehr in der einzig wahren Gemeinschaft der Gläubigen gefunden wurden".

Aber Emanuels Gedanke über die hoch Moralischen, die Liebenden, die Anständigen, die von Gott vernichtet werden würden, nur weil sie keine Zeugen Jehovas waren, schien mir einleuchtend zu sein. Und doch: Fehler an einer gewissen Lehre zu entdecken war leicht im Vergleich dazu, eine Gemeinschaft zu verlassen, zu der man schon so lange und ohne jede Frage gehörte ... es schien mir unmöglich. Schließlich war ich schon als Kind dabei gewesen. Ich hatte all meine Freunde und guten Bekannten in der Versammlung, nicht eine Freundschaft außerhalb. Ich konnte die Zeugen (noch) nicht verlassen, weil ich sonst allein gewesen wäre, vollkommen orientierungslos, einsam und fremd in der Welt.

Es war so einfach, der Versammlung gehorsam zu sein. Ich war dort gut aufgehoben, mir wurde genau vorgegeben, was ich tun und denken sollte. Es war ein Schutz, eine Sicherheit.

Noch konnte ich mir nicht vorstellen, diese Sicherheit zu verlassen.

11.

Zu dieser Zeit wurde mir das Verhalten meines Onkels Gustav endgültig zu viel.

Weil ich begonnen hatte mich entschlossen zu wehren, hatten seine Handgreiflichkeiten aufgehört. Aber verbal ging der Missbrauch weiter. Alles, was er zu mir sagte, war sexuell gefärbt. Er nannte mich schon seit Jahren „sexy hexy", mich, die ich ein so strenges religiöses Gewissen hatte und ein so hohes Moralempfinden. Er fragte mich: „Hast d' fünf Minuten Zeit für mich?", er erzählte mir schmutzige Witze, sagte auf einem Ausflug: „Komm' ins Gebüsch, schmusen!", und das vor den Ohren meiner Mutter, die sich dachte, wie redet denn der mit seiner Nichte?

Es war unerträglich. Ich konnte kein Wort, keinen Blick, keine Geste mit ihm teilen, die nicht anzüglich gefärbt war. Und das war mir schließlich – ich war neunzehn – derart auf die Nerven gegangen, dass ich mich dazu entschloss, ihm einen kurzen Brief zu schreiben.

Es war ein klarer Erwachsenen-Brief, ohne jede Beschimpfung, der in verschiedenen Wendungen etwa lautete: „Bitte belästige mich nicht mehr mit sexuellen Anzüglichkeiten. Ich fühle mich sowieso elend genug in meiner Familie, lass' mich wenigstens jetzt damit in Frieden.". Und anstelle einer Grußformel schrieb ich: „Ich bin frei!".

Ein Gutes hatte der Brief: ich wurde tatsächlich meinen ekelhaften Onkel für immer los. Aber was für ein unglaubliches Theater führte mein Vater auf! Der Onkel hatte ihm meinen Brief gezeigt, und dieser so genannte Vater tat nun so, als sei ich zu ihm unglaublich frech und unverschämt gewesen.

Dabei kam er nicht etwa zu mir, um mich zu beschimpfen, nein, er suchte in der Versammlung, rot im Gesicht vor Wut, nach einem Ältesten, der ihm helfen sollte, mich fertig zu machen. Er hatte den ganzen Brief unterstrichen und mit Rufzeichen versehen und wollte nun offensichtlich, dass mich ein Ältester scharf für diese Untat gegen meinen Vater zurechtwies.

Zur Ehre der Zeugen muss ich sagen, dass er keinen fand, der ihn unterstützte. Nur ganz zuletzt, nachdem er bei allen anderen abgeblitzt war, machte einer für ihn den Ankläger, einer, der danach nicht mehr lange Ältester war, weil er betrügerische Geschäfte gemacht hatte – aber immerhin, er hatte einen gefunden, und der sollte mich nun für meine Gemeinheit zur Rede stellen.

Katja hatte alles mitbekommen (es fand ja vor dem Beginn einer Zusammenkunft statt), und sie legte schützend den Arm um mich. Ich weinte vor Entsetzen und Fassungslosigkeit – was war denn geschehen? Ich hatte mich nur gegen ein schmutziges Unrecht wehren wollen; was machte meinen Vater so wütend?

Weil Katja mich schützte, konnte mich mein Vater an jenem Abend nicht in tausend Stücke reißen. Aber ein Groll blieb in ihm zurück, und er verfolgte mich von da an regelrecht mit seinem Hass. In seinem paranoiden Gehirn glaubte er, ich wolle ihm Schaden zufügen, nicht umgekehrt.

Als schließlich Gras über die Sache gewachsen war, wurde mir bewusst, dass mein Vater heimliche sexuelle Gedanken und Gefühle über mich lange Zeit mit Mühe verborgen hatte, dass er ganz ähnlich war wie sein

Bruder, dass ihn nur sein Glaube von strafbaren Handlungen abgehalten hatte. Aber seine Gedanken spielten heimlich mit mir, und es ging um Sex.

Ein Urlaub kam mir wieder in den Sinn, kurz bevor ich jenen Brief geschrieben hatte. Er hatte meiner Mutter und mir friedlich vorgeschlagen, dass wir gemeinsam nach Griechenland fahren würden. Seinen Urlaub hatte er schon gehabt, in Amerika bei seinen Tanten, also würde das ein Urlaub für meine Mutter und mich werden. (Bernd ging bereits eigener Wege).

Aber schon auf der Fahrt wurde er wieder ruppig. Er wollte, dass ich ihm aus dem Reiseführer vorlese. Ich kann im Auto nicht lesen, mir wird schlecht davon. Außerdem wollte ich nicht im Reiseführer lesen, ich wollte mich entspannen und Ferien haben. Worauf hin er mich wütend anfuhr, und der Hass loderte aus seinen Augen. Ich begriff nicht, warum er sich so aufregte.

Am Meer angekommen, bezogen meine Mutter und ich wie geplant unser gemeinsames Hotelzimmer, und mein Vater wohnte im angrenzenden Raum. Beruhigt dachte ich mir, nun würde ich mich gut erholen können.

Erholung war mit meinem Vater nicht möglich. Er gierte, eiferte, lechzte von Anfang an bis zum Ende des Urlaubs nach Sex mit meiner Mutter und wurde richtiggehend ein bisschen irr. Am Strand schmuste ein Paar miteinander, und er schaute mit ganz seltsamen Augen hin und keuchte mehrmals hintereinander: „Was machen die da?!". Nachdem er vor Aufregung ganz rot im Gesicht war, fragte ich ihn freundlich, ob er einen Sonnenstich habe. Das machte ihn furchtbar wütend, und er beschimpfte mich.

Er blieb den ganzen verdammten Urlaub so, voll einer widerwärtigen, krankhaften, schleimigen Sexlust. Er erinnerte mich an seinen Bruder Gustav. „Er ist ganz wie sein Bruder", sagte ich zwei, - dreimal zu meiner Mutter, dann erst horchte sie auf.

Und da habe ich ihr das erste Mal von den sexuellen Belästigungen erzählt, denen ich von Seiten meines Onkels ausgesetzt war. Sie fiel aus allen Wolken. Sie sagte immer wieder, aufs Tiefste erschüttert: „Wer hätte das gedacht.". Dann verfiel sie in Schweigen.

Das fand ich seltsam. Ich hatte angenommen, sie wüsste schon längst davon und redete nur nicht darüber. Freilich, unsere Wohnung war groß und hatte knarrende Holzböden, da konnte mein Onkel, wenn er mich in ein Eck drängte, sehr gut hören, ob jemand näher kam. Meine Mutter saß meistens in unserer Wohnküche oder sie ging aus mit meinem Vater und ließ Bernd und mich mit dem Onkel allein. Sie hatte gedacht, wir wären ohnedies gut aufgehoben bei ihm.

Aber jene Übergriffe an der Kaffeetafel – konnte meine Mutter wirklich nichts bemerkt haben? Konnte sie so blind gewesen sein? Ich dachte immer, sie hätte es gewusst, sprach aber nicht darüber, weil „man das nicht tat".

Mein Vater hatte es bemerkt, dessen war ich mir sicher. Er grinste mich dann so schleimig an. Aber meine Mutter hatte es sonderbarerweise nicht gewusst, das wurde mir erst in diesem Urlaub klar. Sie weinte nicht, sie war einfach nur stumm, sie sagte kein Wort mehr. Sie war richtig geschockt.

Wieder zu Hause, schien die ganze Wucht meines Geständnisses über sie hereinzustürzen. Sie war unruhig, nervös, sagte manchmal in sich hinein: „Solche Schurken!". Sie ging abwesend in der Wohnung umher, konnte sich auf nichts konzentrieren. Ihr Gesicht war verbissen.

Und eines Nachts hörte ich sie in der Küche schluchzen. Ich tappte hinaus und sah meine Mutter heulend auf ihrem Platz sitzen. „Ich fühle mich so schuldig", schluchzte sie. Ich war erschrocken, sagte ihr, dass sie doch keine Schuld traf. Aber sie wiegte sich hin und her und weinte: „Ich fühle mich schuldig!"

Dann bat sie mich wie ein Kind, mit ihr zu beten um Vergebung ihrer Schuld. Was sollte ich machen – ich senkte meinen Kopf und sprach ein Gebet um Vergebung. Dann standen wir gleichzeitig auf. Ich nahm sie in den Arm. Fassungslos schluchzte sie noch einmal auf, dann ging sie getröstet in ihr Zimmer.

Ich schlich auch wieder in mein Bett, aber ich war schweißgebadet und spürte, wie meine Nerven arbeiteten und vibrierten. Irgendwie hatte mich diese Szene mit meiner hilflosen Mutter immense Kraft gekostet.

Ich war die nächsten drei Tage unkonzentriert und aufgeregt, denn ich erlebte die nächtliche Szene immer wieder, und alle meine Nerven bebten. Nicht zum ersten Mal wünschte ich mir, meine Mutter hätte eine vertraute

Freundin gehabt, bei der sie sich hätte ausweinen können. Ich war ganz entschieden nicht die richtige Person dafür, ich war ja ihr Kind. Ich hätte selbst jemanden gebraucht, der mich tröstete.

Nach ein paar Tagen war ich wieder mit Katja zusammen, und da erzählte ich ihr ganz nüchtern von meinem Onkel Gustav. Sie sagte etwas Sonderbares dazu, nämlich: „Rühre nicht daran. Ein Hundedreck fängt auch erst an zu stinken, wenn du an ihm rührst.". – Ach ja? Und in mir darf der Dreck ruhig liegen bleiben, fragte ich in meinem Innern. Aber nach außen hielt ich den Mund. Ich wusste tief in mir, dass Katja eine irgendwie verschrobene Frau war, so durchtränkt von der Lehre der Zeugen Jehovas. Sie war auch nie sehr glücklich. Mehr als einmal sagte sie zu mir: „Weißt du, Hanna, das Sterben würde mir nichts ausmachen.".

Sagt so etwas ein Mensch, der glücklich ist? Ich besaß mehr Hoffnung als sie.

Ich hatte inzwischen Arbeit gefunden in dem großen Zeitschriftenvertrieb Morawa. Ich war zwar nur „Arbeiterin", und diese Bezeichnung kränkte wie immer mein nicht sehr starkes Selbstwertgefühl. Aber die Kolleginnen gefielen mir. Wir stellten Zeitschriftenpakete zusammen, die anderntags in alle Trafiken Wiens ausgeliefert wurden.

Ich liebte den Kontakt mit Gedrucktem, fand so manche Story, die ich las, interessant, und die Stunden vergingen mir wie im Flug. Die Arbeitszeit war beinahe ideal, ich arbeitete nur an drei Tagen in der Woche, und das kam mir entgegen. So hatte ich Montag und Freitag frei.

An diesen Tagen war ich nun meistens mit Katja beisammen, und auch Katja genoss meine Gesellschaft. Mehr als einmal sagte sie mir, dass sie mich am Liebsten von allen mit im Dienst hatte.

Das hatte den einen Vorteil, dass ich mir am Ende des Monats mehr Stunden schreiben konnte als je zuvor (denn es wurde monatlich ein „Berichtszettel" ausgefüllt, worin Stunden, Bücher, Zeitschriften usw. eingetragen wurden, die man geleistet bzw. abgegeben hatte). Das hob auch mein Ansehen in der Gemeinschaft.

Wir waren schon als Kinder so froh gewesen, wenn wir uns ein paar „leicht verdiente" Stunden eintragen konnten. Meine Freundin hatte mit Befremden mitbekommen, wie mein Vater Bernd und mich fragte, wer zum Studium mit Frau Navratil mitkommen wolle. Wir rissen uns beide förmlich darum. Nicht, weil wir das Stillsitzen und Kopf anstrengen so genossen. Sondern weil wir uns dann am Ende des Monats mehr „leicht verdiente" Stunden schreiben konnten.

Katja war immer sehr lieb zu mir. Unsere Freundschaft blühte in wenigen Wochen derartig auf, dass ich es einfach herrlich fand, mit ihr in dem Gebiet mit den vielen Schrebergärten unterwegs zu sein, mit ihr zu reden über mein freud- und friedloses Zuhause, über alles, womit mich meine Eltern quälten, über meine Arbeit, über unseren gemeinsamen Dienst.

Während wir redeten, gingen wir im Sonnenschein von einem Garten zum anderen, betrieben unsere Tätigkeit (die dem vermeintlichen Wohl aller dienen sollte) locker und unverkrampft, fanden reife Früchte am Wegrand, die wir aßen, und waren im Ganzen glücklich und zufrieden mit unserem ansonsten so anstrengenden Dienst.

Meine ganze verschreckte Stummheit löste sich auf. Katja konnte ich alles sagen, sie verstand mich, sie liebte mich. Mir stehen heute noch Bilder vor Augen, wenn ich an damals denke, Bilder voll von Lebensfreude und Vertrautheit. Ich sehe mich mit Katja durch den Wald gehen, sehe mich mit ihr in einem Schrebergarten bei einer Interessierten sitzen und Obst essen, sehe uns beide einträchtig mit unseren Rädern in das schöne, am Rande der Stadt liegende „Gebiet" fahren. Immer waren vertraute Gespräche zu führen, immer gab es einen Anlass zu lachen, und wir erzählten einander unsere Geheimnisse.

Eines Tages half ich ihr, ihr Fahrrad zu putzen und es frisch zu ölen. Dabei erzählte ich ihr, womit mich meine Eltern wieder einmal kaputt gemacht hatten und dass ich es langsam nicht mehr aushielte daheim. Da kam etwas völlig Unerwartetes von ihr: sie bot mir ohne zu zögern an, eine Zeit lang bei ihr und Helene zu wohnen, um den ständigen Streitereien zu entfliehen.

Ich war überwältigt. Ich liebte sie so sehr. Ich hatte gar keine Hilfe erwartet. Da bot sie mir etwas so Nahes, Intimes an wie bei ihr zu wohnen, als wäre das gar nichts. Überglücklich sah ich sie an. Ich würde nicht mehr hilflos meinen Eltern ausgesetzt sein.

Es wurde ein gelungenes Unterfangen. Ich nahm von zu Hause bloß einen Koffer mit, der meinen unentbehrlichen Kram enthielt, mein Tagebuch, ein paar Lieblingsbücher, Kosmetiksachen und Kleidungsstücke. Diesen Koffer legte ich in den angrenzenden Raum, der ein sauberer Dachboden war. Mir wurde als Schlafplatz das blaue Sofa zugewiesen, das mit dem Rücken an der Wand gegenüber vom Fenster stand. Meine Wäsche brachte ich zu meiner Mutter (das tat auch Bernd, der in einem möblierten Zimmer wohnte), wir hatten eine gemeinsame Haushaltskasse, und wer diese Woche mit Kochen dran war, musste auch putzen und einkaufen.

Ohne auch nur ein einziges Mal zu streiten, lebten wir drei auf engstem Raum zusammen. Wir waren friedsam und voller Liebe, keiner lebte seine Macken auf Kosten der anderen aus, es herrschte wohltuende Ruhe. Ich fühlte mich sehr wohl und glücklich, ich putzte mit Eifer unsere ganzen Schuhe, erledigte kleine Flickarbeiten und backte manchmal einen Kuchen. Es gelang mir alles, und ich war glücklich und zufrieden.

Zum ersten Mal liebte ich den Dienst geradezu. Auf Katjas Rat hin hatte ich mich für den „Hilfspionierdienst" gemeldet – 60 Stunden Dienst im Monat. Ich war nach wie vor beinahe immer mit Katja unterwegs. Und wenn die Menschen schimpften, machte es mir nicht mehr viel. An der Seite meines Vaters hatten mich Unfreundlichkeiten härter getroffen. Aber mit Katja waren sie nicht mehr so schlimm. Wir sahen einander dann erschrocken an, flüsterten miteinander und fanden auf diese Art bald wieder unser Gleichgewicht.

Obwohl es schön war mit Katja, stießen mir im Dienst mehr und mehr Ungereimtheiten auf. Menschen, die völlig in Ordnung waren, lehnten uns ab. Sie waren nicht falsch und gemein und verbrecherisch, sie waren rechtschaffene Leute, die viel Gutes in ihrem Leben getan hatten. Für die Zeugen war das nicht genug. Wenn sie sich nicht der Versammlung anschlossen und ebenfalls Dienst taten, würde Gott sie in seinem Krieg für immer töten.

Das war ein echter Konflikt. Jesus hatte in seiner Bergpredigt gesagt: „Ihr sollt demnach vollkommen sein, wie euer himmlischer Vater vollkommen ist." (Matth. 5,48).

Wir waren aber nicht vollkommen. Und die Menschen, die wir antrafen, auch nicht. Wir waren alle einfach nur Menschen. Wir hatten unsere Eigenschaften und unsere speziellen Stärken und Schwächen. Wir waren als Zeugen Jehovas nicht so sehr viel besser als die anderen Menschen.

Gott war gerecht. Konnte er wirklich gütige, anständige, hilfsbereite und kluge Menschen vernichten, nur weil sie nicht zu unserer Versammlung gehörten? Was würde passieren, wenn wirklich alle Menschen „gerettet wurden", also zu uns gehörten? Ich stellte es mir unbehaglich vor, alle nur noch ängstlich und kleingeistig darauf bedacht, strikt nach der Bibel zu leben. Würde es dann noch Dichter, Philosophen, Schauspieler geben oder nur noch eine gleichgeschaltete Hammelherde, in der niemand selbständig denken durfte?

Diese Gedanken sollten mich eigentlich von den Zeugen befreien. Aber noch war ich nicht bereit, eine solche Freundschaft wie Katjas aufzugeben und einsam zu werden, nur weil ich selbständig zu denken begann. Ich hatte noch immer Angst, die Gemeinschaft zu verlassen.

Ich dachte, mein Glück mit Katja und Helene würde ewig dauern. Ich dachte, dass es unzerbrechlich sei. Dabei war es schon drauf und dran, auseinander zu brechen, ich wusste es nur nicht.

Alles begann mit dem Radunfall von Katja. Wir waren beide gut gelaunt in unser Schrebergarten-Gebiet gefahren. Ich hatte zwar schlecht geschlafen und spürte die Nerven, aber Katja steckte mich an mit ihrer guten Laune. Sie war seit kurzem frisch verliebt. In einen Missionar, etwas jünger als sie, ein lockiger, großer Salzburger Bauernsohn mit Humor, einem urwüchsigen Charme und nicht enden wollender Freude am Leben und an einem guten Spaß. Katja ließ sich von ihm mitreißen in eine Jugendlichkeit und ein Ungestüm, das nicht recht zu ihr passen wollte. Sie sagte zwar ganz im Vertrauen zu mir: „Nicht einmal jetzt würde mir das Sterben etwas ausmachen", aber insgesamt war sie lockerer, heiterer und, auch wenn sie manchmal weinte, lebensfroher geworden. Florian tat ihr unheimlich gut.

Helene aber fühlte ihr Leben mit Katja bedroht. Denn bei den Zeugen war es üblich, dass bei gegenseitiger starker Anziehung sehr bald geheiratet werden musste. Und dann würde Helene auf einmal ohne ihren „Zwilling" fertig werden müssen. Das machte sie bockig und übellaunig. Sie mochte Florian nicht.

So standen die Dinge, als wir eines Morgens gemeinsam frühstückten, auf unsere Räder stiegen und ins „Gebiet" fuhren. Wir taten zwei Stunden unseren Dienst. Dann sahen wir auf die Uhr. Beinahe zwölf, und Katja war mit Kochen dran! Sie sprang auf ihr Rad und sauste im höchsten Tempo die Straße hinab. Ich versuchte sie einzuholen, aber sie fuhr so schnell, der Abstand zwischen uns wurde nicht geringer. Da geschah das Schreckliche: Katja stürzte, und von der Wucht des Aufpralls wurde sie noch ein Stück weitergeschleudert. Ihr einer Schuh flog davon.

Im nächsten Moment war ich bei ihr, sie drehte sich mühsam zu mir um, sie blutete am Kopf, war geschockt. Ich half ihr auf und sie drückte ihre Schläfe auf meine Schulter, rief immer wieder: „Hanna, mein Kopf – mein Kopf!". Da hielt ein Auto neben uns. Der Fahrer bot an, Katja ins nahe gelegene Krankenhaus zu fahren. Gott sei Dank, dass uns jemand half!

Ich räumte inzwischen zitternd ihr am Rahmen gebrochenes Rad von der Straße, suchte und fand eine Telefonzelle. Meine Hand bebte so sehr, dass ich kaum wählen konnte. Ich alarmierte den erschrockenen Florian.

Dann standen wir gemeinsam am Bett der Verunglückten. Sie war bereits genäht worden und am Kopf geröntgt. Ihr Schläfenknochen und ein Halswirbel waren eingerissen, zum Glück nicht gebrochen. Aber sie sah hilflos und mit Schmerzen zu Florian auf und begann fassungslos zu weinen.

Er wollte sie trösten, doch sie regte sich immer mehr auf. Das konnte nicht gut für sie sein! Also verabschiedete Florian sich, damit sie zur Ruhe fand. Ich blieb noch ein wenig an ihrem Bett. Erst jetzt schienen die Schmerzen richtig zu beginnen. Sie wollte weinen, nahm sich aber sehr zusammen. Ich redete ihr beruhigend zu, während mir selber übel und schwindlig war und ich Angst hatte. Was würde jetzt werden?

In den folgenden Tagen begann ihr verschwollenes Gesicht in allen möglichen Farben zu schillern: gelb, rot, braun, blau, und ihre Augen waren blutig von geplatzten Adern. Sie verlangte einen Spiegel, aber Florian und ich wollten ihr keinen geben. Sie würde sich selbst nicht mehr erkennen und entsetzt sein.

Irgendwie veränderte dieser Unfall alles. Katja war launisch und fahrig geworden in ihrem Krankenbett. Florian war ohne jedes Lachen, ernst und irgendwie tölpelhaft. Helene weinte, als sie ihre „Zwillingsschwester" so sah, und ich war führungslos und ängstlich. Unsere schöne Gemeinsamkeit zerbrach.

Katja war schlimm dran. Florian und ich besuchten sie jeden Tag. Uns erzählte sie alles, wie schwindlig ihr war und welchen Brechreiz sie hatte von der Gehirnerschütterung, die ganzen Torturen der Kopfuntersuchungen, ihre Ängste, ihre Sehnsucht nach zu Hause und dass Helene sie nicht mehr verstand. Sie weinte fast immer. Als sie aufstehen durfte, saßen wir gemeinsam im Park, und sie war richtiggehend depressiv. Sie war so krank und so pessimistisch, wie ich es bei ihr nie gekannt hatte.

Während sie allmählich gesund wurde, zerfiel langsam und unausweichlich alles Schöne um uns her. Katja war herrisch geworden und ich konnte ihr nichts mehr recht machen. Auf einmal nörgelte sie ständig an mir herum. An Helene auch, aber die war nie daheim - die richtete sich ein neues Untermietzimmer ein.

Ich konnte nicht verstehen, warum die Liebe und die Vertrautheit, die zwischen uns entstanden war, auf einmal schwand. Es tat mir so weh. Nie mehr sagte sie irgendetwas Liebevolles zu mir, nie mehr tröstete sie mich, nie mehr durfte ich bei ihr weinen. Und ich weinte oft in ihrer Gegenwart, denn mir wurde genommen, was mir so geholfen hatte. Mir wurde Katjas Liebe genommen.

Sie war unduldsam meinen Tränen gegenüber. Sie nannte mich „verzogen", sie sagte dauernd: „Du lässt dich vollständig gehen!", sie fauchte, ich weine ja nur, um sie umzustimmen. Sie nörgelte mich an, dass ich andere Frauen in der Versammlung nicht anweinen soll und belasten mit meinen Problemen. Dass ich im Dienst nicht so ein fürchterliches Gesicht machen soll. Was sollten die Interessierten denken?

Sie fand kein tröstliches oder versöhnendes Wort mehr, sie war ungeduldig, fremd und kalt mir gegenüber. Ich verstand nicht, warum.

Ich dachte zurück an den Abend, den ich im Nachhinein als Höhepunkt unserer Liebe und Vertrautheit erleben sollte. Damals waren wir alle zusammen zu einem Vortrag gegangen, den ein prominenter New Yorker Zeuge im Wiener Kongresshaus halten würde. Etwas irgendwie Festliches – keiner konnte sich ausschließen.

Mir war jedoch an jenem Tag unglaublich elend, ich war schwindlig, ängstlich, kraftlos und hatte nicht den Mut, irgendjemanden anzuschauen.

Da hatte Katja mich um die Schultern genommen, ihr ganzes Wesen strahlte vor Liebe und Mitgefühl, sie hielt mich, stützte mich, redete laut und fröhlich mit den anderen und ließ mich dabei keinen Augenblick los. Sie schien sich zu freuen, mich stützen zu können. Durch all mein Elend spürte ich ihre Liebe hindurch, und ich fühlte mich glücklich. Ich war so stolz auf meine Freundin. So beseelt von unserer Vertrautheit, von unserer Zusammengehörigkeit. Es war so tröstlich. Bis heute steht leuchtend vor meiner Seele, wie sie mich damals geliebt hatte.

Das war unwiderruflich erloschen. Wir waren uns nicht mehr nah. Ich war todunglücklich. Was war nur geschehen? Gut, sie liebte mich nicht mehr. Aber warum musste sie auch noch so grob und gehässig zu mir sein?

Mit der ganzen Versammlung waren wir ins KZ Mauthausen gefahren. Wir machten eine Führung unter der Leitung eines ehemaligen Insassen. Nachher war ich vollends in der Verfassung, mich an irgendeiner starken Schulter gründlich auszuweinen. Sabine Mach (die meine mütterliche Freundin wurde) bekam als Einzige mit, wie es mir ging und wollte mich in den Arm nehmen und trösten. Katja aber trat hinzu und stieß sie förmlich weg. Sie sagte zu mir: „Du wirst schon allein damit fertig!". Ihr Gesicht war eine Teufelsfratze der Bosheit.

Einmal nach der Zusammenkunft war sie ohne jeden Grund so gehässig zu mir, dass ich plötzlich vor Wut explodierte. Ich warf meine Bibel zu Boden und schrie: „Du bist gemein!".

Wenn ich sehr wütend bin, muss ich immer etwas schmeißen und so laut ich kann schreien. Es war nur natürlich. Aber eine Schwester, die das sah, eine besonders selbstgerechte junge Person, die ich bis dahin als freundschaftlich empfunden hatte, sagte zu mir, ob ich mich nicht schäme.

Nein, ich schämte mich nicht. Wofür denn? Für mein verletztes Gefühl? Für meine berechtigte Wut? Für mein Temperament? Sollten sie sich doch schämen!

Ich dachte zurück an den letzten Kongress, als zwischen uns noch alles in Ordnung war. Ich wurde mit drei anderen ausgewählt, um öffentlich „Zeugnis zu geben", wie es gekommen sei, dass wir in der Wahrheit so überaus glücklich waren, erfüllt von der guten Botschaft, von der Verheißung des Paradieses, so dass wir unsere Erkenntnis aus vollem Herzen weitergeben wollten.

Ich redete frei und eifrig, war voll des Lobes für die Versammlung und schilderte, wie sich mein ganzes Leben gebessert hatte durch den Dienst für Jehova. Und ich empfand meine Worte gar nicht als Lüge, weil ich an Katja dachte und daran, wie glücklich mich der Dienst an ihrer Seite gemacht hatte und wie schön das Leben mit ihr war. Für einen kurzen Zeitraum war ich danach seelisch ganz gehoben. Dann spürte ich wieder die Depression. Lähmende Schwere und Schwärze legten sich über mich.

Da saß ich nun in der Pause gekrümmt auf meinem Platz, die Stirn in meine Hand gestützt, nervlich angespannt und ohne jede Kraft. So sah mich Florian.

„Hallo, Hanna", schrie er verständnislos, „du kannst doch jetzt nicht so dasitzen, wenn du gerade auf der Bühne Erfahrungen erzählt hast!" .Ja, Florian, dachte ich müde, aber ich fühle mich so schlecht. Und ihr alle könnt mir nicht helfen.

Ich wohnte inzwischen wieder bei meinen Eltern. Katja und Florian hatten geheiratet und hatten sich in der kleinen Untermiet - Wohnung gemeinsam eingerichtet, in der wir drei Freundinnen so glücklich gewesen waren. Bald würde das möblierte Zimmer im Erdgeschoß desselben Hauses frei werden. Dann konnte ich dort einziehen.

12.

Zu Hause bei den Eltern war es schlimm. Es gab nichts als Streit und Zwietracht. Als ich wieder wie früher weinend versuchte, den Streit zu schlichten, sagte meine Mutter entnervt zu mir: „So beruhige dich doch!". – Auf was hinauf hätte ich mich denn beruhigen sollen?

Ich versuchte mich zurückzuziehen. Ich ging so oft ich konnte weg. Es war trotzdem die Hölle. Mein Bruder fragte jedes Mal, wenn er mich sah: „Wie steht's an der Front?"

In den Tagen meines schlimmsten Zerwürfnisses mit Katja zog ich in das möblierte Zimmer unter ihrer Wohnung ein. Ich fühlte mich wütend und verletzt. Immer noch war ich Hilfspionierin, immer noch arbeitete ich bei Morawa. Aber ich löste mich langsam von Katja, war wütend und trotzig ihr gegenüber. Und außerdem sehr traurig.

Mein Blutdruck war so niedrig, dass ich sogar einen Kreislaufkollaps erlitt. Florian stand vor meiner Tür; er wollte mit mir über den Stromausfall in unserem Haus sprechen. Es war abends nach der Arbeit, ich hatte mich schwindlig gefühlt und mich niedergelegt. Als ich nun aufstand und öffnete, wurde mir vollends übel. Ich versuchte noch gegen das Schwarze vor meinen Augen anzukämpfen, aber ich fiel trotzdem in Ohnmacht. Hatte dabei einen schönen Traum, als läge ich in vollkommenem Glück und herrlichem Frieden auf einer weiten Blumenwiese.

Florian erzählte mir später, ich hätte ihn lange mit offenen Augen angeschaut, ohne etwas zu sehen. So weit sei ich weg gewesen.

Ich musste sofort zum Arzt. Mein Blutdruck war erschreckend niedrig, so niedrig, dass ich mich fragte, ob man überhaupt mit so einem Blutdruck leben kann.

Der Arzt verschrieb mir Effortil Kapseln. Sie halfen mir. Aber mir war bald klar, dass mein Kreislauf deswegen überlastet gewesen war, weil ich mich mit Katja so schrecklich aufgeregt hatte. Aufregungen sind nie gut für Leute mit Kreislauf-Problemen.

Ab diesem Zeitpunkt gab ich Acht, wie ich mich fühlte. Ich regte mich nicht mehr künstlich auf. Es reichte mir mit Katja, ich musste sie loslassen um meiner selbst willen.

Die folgende Zeit war schwer, langweilig und ohne Glück. Trotz meiner Trennung von Katja und Helene blieb ich zunächst einmal im Hilfspionierdienst und musste monatlich sechzig Stunden leisten. Das war natürlich nicht so einfach.

Um Zeit zu schinden, begann ich den Dienst ganz in der Nähe meiner Wohnung, machte drei, vier Besuche allein und fuhr dann mit dem Rad zu einem ferner gelegenen „Gebiet". Das brachte mir eine zusätzliche Stunde, in der ich mit meinem Rad unterwegs war. Ich fand das ganz in Ordnung. Gewiss machten viele das so.

Wenn ich allein an den Türen läutete, bekam ich viel Wut zu spüren. Heute kann ich es verstehen. Wir konnten ja nicht wissen, wer hinter der betreffenden Wohnungstür lebte. Menschen konnten Angst vor Fremden haben. Menschen konnten schon allein beim Klingeln der Türglocke in Panik geraten. Das kam darauf an, was ihnen im Leben bereits zugestoßen war.

Als ich wieder einmal allein in meinem Villengebiet unterwegs war, schrie mich vor einer verschlossen aussehenden Tür ein dicker Mann erbost an. Was ich hier zu suchen habe? An dieser Tür dürfe ich auf keinen Fall läuten. „Verschwinden Sie, sonst hole ich die Polizei!" brüllte er, rot vor Zorn.

Ich aber wusste, dass ich als Zeugin Jehovas gezwungen war, an jeder Tür zu läuten. Alle sollten gerettet werden, allen sollte die „gute Botschaft" gebracht werden.

Mir fiel wieder die unglaubliche Szene ein, die mir mein Vater einmal wegen des Predigtdienstes gemacht hatte. Zu jener Zeit hatte ich diesen bereits weitgehend eingeschränkt. Er bedeutete mir eine zu große Belastung.

Aber ich ging weiterhin von Haus zu Haus. Ich ging, weil ich musste. Weil ich glaubte, gehorsam sein zu müssen. Ein blökendes Schaf in der Herde, ohne eigenen Willen.

Wir hatten gerade die beiden amerikanischen Tanten meines Vaters zu Besuch. Wie immer redete mein Vater vom zukünftigen Paradies, schwärmte von der Versammlung, zeichnete alles in rosigen Farben. Mit keinem Wort erwähnte er, wie rücksichtslos und verletzend er mit der Zeit wurde, wie grausam er mit uns Kindern und mit seiner Frau umging. Wie verrückt er war. Die Tanten sollten einen Eindruck davon bekommen, wie glanzvoll und ehrsam es war, zu den Zeugen Jehovas zu gehören. Es war ihm ein Dorn im Auge, dass seine Tochter (ich) angefangen hatte, den Predigtdienst zu vernachlässigen. Schon beim Einsteigen ins Auto – wir führten die Tanten zu einer Ausstellung, während wir selber zu unserer Zusammenkunft gehen wollten – schon beim Einsteigen also schoss er wütende Blicke nach mir.

Während der Fahrt stellten mir die Tanten interessierte Fragen, was ich tat, was mich bewegte, wie es mir ging. Da begann ich ganz offen über den Dienst zu sprechen, wie sehr ich spürte, dass er mir eine Last war, dass ich den Leuten nur auf die Nerven ging, dass ich es schwer fand und lieber etwas ganz anderes täte.

Beide Tanten waren mitfühlend und fragten mich nach allem aus, was mit den Zeugen zusammenhing. Und ich sprach offen über alles, über meine Belastung, über die vielen schwer verständlichen Anforderungen, dass wir glücklich sein und lächeln sollten, ohne wirkliches Glück in unseren Herzen zu empfinden. Über die ermüdenden und langweiligen Zusammenkünfte, die ein absolutes „Muss" waren. Und dass ich fand, es herrsche gar keine richtige Nächstenliebe in der Versammlung. Sie nannten sich zwar untereinander Brüder, aber die berühmte Bruderliebe fehlte dennoch.

Und während ich so frei über all das sprach, empfand ich deutlich das Mitgefühl und das tiefe Verständnis meiner beiden Großtanten. Endlich konnte ich reden, endlich wurde ich verstanden. Sie waren beide so einfühlsam.

Ich sah zwar, wie mein Vater hinter dem Lenkrad eine Haltung einnahm, die immer drohender, immer wütender wurde. Aber ich fühlte mich gut, ich empfand mich als echt und ganz, ich durfte so sein, wie ich war, und ich redete weiter – absolut echt, ehrlich und wahrhaftig. Ich fühlte einen tiefen Frieden in mir.

Als aber die Tanten ausgestiegen waren, schwappte plötzlich eine Welle von Hass über die Rücklehne zu mir nach hinten. Mein Vater fing an, mich auf seine gemeinste und brutalste Art niederzumachen.

Ich sagte noch mit dünner Stimme: „Aber es ist doch wirklich wahr…", da hackte er her mit sadistischer Wut, schüttelte mich mit Worten, dass alles in mir durcheinander kam, tobte und schlug und trat verbal auf mich ein, gehässig, quälerisch, verletzend – nicht einmal ich, die ich so vieles von ihm schon kannte und gewohnt war, nicht einmal ich hatte je ein derartiges Ausufern des Sadismus bei ihm erlebt. Es war, als ob er meine Seele umbringen wollte. Nicht einmal nur einfach umbringen, als ob er sie bei lebendigem Leib zerreißen, zerfetzen, zunichte machen wollte.

Ich lag am Rücksitz und weinte so sehr, dass mir das Blut in den Kopfadern rauschte und tobte, ich weinte so sehr, dass mir die Adern in den Augen platzten und ich ganz blutige Augäpfel bekam – ich weinte, als könne ich nie wieder aufhören. Und die ganze Zeit traktierte er mich, tobte, hackte und trat auf mich ein, wollte Blut kommen sehen, wollte sich an meinen Schmerzen weiden.

So war er, mein Vater. So war er, der Günstling des Paradieses. So paradiesisch würde es sein, wenn er und seinesgleichen den Krieg Gottes überleben würden. So liebevoll, gerecht und gütig, so überaus friedlich würde dieses Paradies werden. Dieses vermeintliche Paradies, das doch nichts anderes sein würde als eine Hölle, in der solche Sadisten zu Hause waren, solche Bluthunde, solche Satansbestien.

Das Maß war voll. Ich hatte schon genug gelitten. Nun musste ich ernstlich überlegen, was ich tun konnte.

Ich war noch immer ein Teil der Versammlung, es gab keinen anderen Ort, wohin ich mich wenden konnte. Psychotherapie hätte mir geholfen, aber daran dachte ich nicht. Zur Polizei gehen kam nicht in Frage, er hatte mich ja nicht körperlich angegriffen, sondern seelisch. Aber dieser Psychosadismus gehörte doch verboten, er hätte mich psychisch ja beinahe töten können – wenn die Seele überhaupt zu sterben imstande wäre. Seelisch gesehen war es ein glatter Mordversuch gewesen.

Doch damit konnte man der Polizei nicht kommen.

Es war nicht möglich, wegen seelischer Verletzungen Schmerzensgeld zu verlangen – wenn auch die

Schmerzen in Wirklichkeit so stark und ausweglos waren, dass sich das Opfer (ich) Jahrzehnte lang den Tod gewünscht hat, den Tod im Sinne eines völligen Auslöschens meines Lebens, so nachhaltig war ich von meinem Vater verletzt worden.

Ich musste etwas tun. Mit Sabine Mach war ich befreundet, sie hatte mir schon damals, als wir das KZ Mauthausen besichtigten, zu helfen versucht. Seither war ich öfter bei ihr gewesen, wir hatten geredet, Tee getrunken, hatten uns gut verstanden.

Nun sprach ich sie an, ob sie mit mir kommen wolle, ich würde zwei Älteste bitten, mit mir zu reden, weil mein Vater so absolut grausam zu mir war und es immer ärger wurde. Sabine sagte zu.

Der Termin mit den beiden Ältesten wurde festgelegt.

Wenn ich heute daran zurückdenke, bin ich außerstande, irgendetwas anderes als Entsetzen zu spüren. Ich habe Angst, darüber zu schreiben, es würgt mich buchstäblich im Hals, es füllt mich mit Grauen, ich bin starr vor Schrecken, mein Herz krampft sich zusammen. Denn anstatt zweier Helfer saß ich zwei strengen Richtern gegenüber, die mit unbewegten Mienen fragten, ob ich meinen Vater etwa gar anklagen möchte.

Als ich dieser Mauer von Unverständnis gegenübersaß, spürte ich, dass diese zwei nicht imstande waren, auch nur zu begreifen, wie sehr ich unter meinem Vater litt. Im Gegenteil, sie wollten mich noch des Ungehorsams gegen meinen Vater bezichtigen und mich hinstellen, als wäre ich die Aggressorin.

Es bedurfte nicht viel, und die Schleusen meiner Tränen waren wieder geöffnet, ich weinte in meiner Hilflosigkeit, weinte so, dass ich nichts sagen konnte, die Tränen liefen mir unaufhörlich über das Gesicht - aber keiner von den beiden dachte daran, sich einzufühlen und mich etwa sanft zu fragen, was mich so quälte.

Eingehüllt in ihre Würde und Unnahbarkeit saßen sie da und machten mir klar, dass ich wohl nur zu empfindlich sei. Man müsse seinem Vater gehorsam sein, alles andere sei nicht gottgefällig. Ich solle nur Jehova weiterhin aufrichtig dienen, dann würde es mir schon besser gehen.

Sabine saß daneben und versuchte einzuwerfen, dass ich ja nicht meinen Vater anklagen wollte, sondern nichts anderes als um Hilfe bitten, weil ich mir gegen seine Grausamkeiten nicht mehr zu helfen wusste.

Ungerührt betrachteten die beiden Ältesten uns: Sabine, die ratlos dasaß, und mich, das Gewaltopfer, das vor Weinen und innerem Entsetzen nicht mehr sprechen konnte. Es regte sich kein Mitgefühl in deren Brust, nicht die Spur eines Einfühlungsvermögens. Sehr von oben herab beendeten sie das Gespräch, ohne mir irgendeinen Rat zu geben, was ich nun machen sollte.

Das Furchtbare daran war, dass ich mich ja nirgends anders hin wenden konnte. Wer in der Versammlung irgendein Problem hatte, ging zu den Ältesten. Ich wagte gar nicht daran zu denken, irgendjemanden „draußen" um Hilfe zu bitten. Ich hätte nicht gewusst, wen ich ansprechen sollte.

Ich hatte zwar in mein Tagebuch geschrieben: „Ich fühle mich so schrecklich schlecht. Ich werde zu Ärzten gehen müssen.", aber die Hemmschwelle war groß. Wenn die Ältesten nicht mit meinem Vater reden konnten, wie sollte es dann ein Arzt können? Ich kannte keinen, zu dem ich Vertrauen besaß. Aber den Ältesten hatte ich vertraut.

Sie sprachen damals übrigens doch mit meinem Vater. Sie taten das ohne mein Wissen und ohne es im Geringsten mit mir zu besprechen. Sie nahmen nur eines Abends meinen Vater nach der Zusammenkunft in das „Kämmerchen" mit, das neben unserem Versammlungssaal lag und das sie immer benutzten, wenn sie mit irgendwelchen unbotmäßigen Versammlungsmitgliedern ein Wörtchen zu sprechen hatten.

Noch Jahre später sagte mein Vater, wenn er sich wieder einmal zu Unrecht verfolgt fühlte: „Sogar ins Kämmerchen bin ich geschleppt worden!", wobei er rot im Gesicht war und vor Empörung schnaufte.

Sie hatten mir also doch versucht zu helfen. Aber es war ein halbherziger Versuch, der mir nicht half, und noch heute bin ich voll Entsetzen, wenn ich an dieses Ungerührte denke, das die Ältesten zur Schau getragen hatten - und an mein hilfloses Weinen. Das war wirklich furchtbar: meine absolute Hilf- und Machtlosigkeit. Dass ich meinem Vater hilflos ausgeliefert war. Meinem Vater, der mich seelisch zerbrach. Und niemand war da, der mir helfen konnte.

Ich habe meinen Vater damals irgendwann gefragt, warum er mich so hasse. Da antwortete er, er hasse mich nicht, er wehre sich nur seiner Haut. Das muss man sich erst einmal auf der Zunge zergehen lassen: „Ich wehre mich nur meiner Haut!".

Ich hatte ihm doch nichts getan! Dass ich den Predigtdienst und die öden Zusammenkünfte immer weniger mochte, das war doch nicht meiner Bosheit zuzuschreiben, sondern einer gesunden seelischen Entwicklung, die sich Gott sei Dank entfaltete trotz der Repressalien meines Vaters.

Ich war gesünder und normaler, als man es aufgrund meiner Kindheit annehmen mochte (und als meine Eltern je waren).Trotzdem litt ich schwer an der Seele.

13.

Ich wusste nicht, wer ich war. Ich trug doch so viel Liebe im Herzen. An mir war gar nichts Böses. Ich war freundlich, ehrlich und aufrichtig, ohne Falsch und ohne jede Spur von Hochmut oder Eitelkeit.

Ich liebte die Menschen in ihrer Verschiedenheit, denn sie alle waren ja so wie ich, so gefährdet, so bedroht von Hass und Willkür, sie alle wünschten sich – genau wie ich - nur ein glückliches Leben ohne Angst, ohne Qual, gesund und zufrieden, frei den Interessen hingegeben, die sich in unserer Seele regten. Wir alle wollten doch nur Zufriedenheit, eine Spur von Glück, so etwas wie

Sicherheit. Und dass uns niemand daran hinderte zu tun, was wir wirklich wollten.

Aber wer war ich eigentlich, wenn meine Mutter sich so ausgelaugt fühlte von mir? Wer war ich, wenn mein Vater mich so hassen konnte? Ich wollte ihm überhaupt nichts tun. Er brauchte sich nicht „seiner Haut wehren", weil ich ihm überhaupt nichts tat. Ich liebte ihn doch, er war ja mein Vater.

Ich hatte ihn immer bewundert. Dass er mich nicht zurück liebte, hatte ich lange nicht verstanden. Verhängnisvollerweise dachte ich, er liebe mich nicht, weil ich schlecht und verdorben wäre. Weil ich im tiefsten Innern noch immer Bosheit und Schlechtigkeit trüge.

Ich war einundzwanzig Jahre alt und zerfressen von Zuständen der Depression und Sinnlosigkeit, von Leere, Selbsthass, tiefer Hoffnungslosigkeit. Oft hatte ich ein schweres Gefühl von Furcht im Herzen: Was sollte jetzt aus mir werden? Wenn schon die Eltern so schrecklich waren, wie würde erst die Welt sein?

Ich besaß ja keinen anderen Maßstab als den Glauben, die Hoffnung und die Liebe, die ich in meinem Herzen trug. Aber ich war an mir selbst irregeworden.

Meine Eltern empfanden mich als Last, als Bürde, sogar als Bedrohung. Ich konnte das nicht anders verstehen, als dass ich nichts wert war.

Wie konnte ich irgendeinen Wert haben, wenn Vater und Mutter mich so vehement ablehnten?

Es hätte mich damals entlastet zu wissen, dass dieses Verhalten meiner Eltern krankhaft war. Aber meine ganzen ersten zwanzig Jahre war ich so erfüllt von Bewunderung für sie, überzeugt von ihrer absoluten Integrität. Deshalb musste ihr Verhalten selbstverständlich von mir verursacht worden sein.

In all der Zeit verfestigte sich in mir immer stärker die Vorstellung, etwas Abgrundschlechtes zu sein. Schuldig zu sein, sich schämen zu müssen für das, was ich dachte und fühlte – sich selbst verachten zu müssen.

Mit dieser Einstellung begann ich mein erwachsenes Leben.

Ich mochte mich nicht. Ich dachte, schlecht zu sein und dumm. Jetzt wollte ich nicht einmal mehr Predigtdienst machen, von dem ich doch all die Jahre gehört hatte, wie wichtig er sei. Was war ich nur für ein Mensch?

Ich konnte mich zu nichts aufraffen. Stumpf und depressiv ging ich zur Arbeit, zur Versammlung, in den verhassten Dienst. Mich interessierte nichts, ich liebte niemanden, war leer und grübelte und konnte nichts an meinem Leben ändern.

Damals schrieb ich oft ins Tagebuch: „Der Tag war erfolglos und traurig". Und dass ich so etwas hinschrieb, machte auch nichts besser.

Ich tat, was ich tun musste. Schleppte mich durch mein Leben, ohne jede Kraft, ohne jede Hoffnung, schwer und schwarz vor Deprimiertheit. Angeregt fühlte ich mich nur in einzelnen Momenten, wenn ich Opern hörte oder selbst ein wenig Klavier spielte. Oder wenn ich ein gutes Buch las.

Dann war ich so etwas wie glücklich.

Damals begann mein kraftloses Weinen jedes Mal nach der Zusammenkunft. Wenn ich die zwei Stunden abgesessen und den quälenden Unsinn angehört hatte, der von der Bühne gesagt wurde, bekam ich immer das, was ich meine „seelischen Bauchschmerzen" nannte, ein Gefühl vollkommener Überforderung meines Kopfes, meines Herzens, meines ganzen Wesens - ein Zustand des verzweiflungsvollen Widerwillens, der matten Abscheu und des völligen Hinsiechens meiner Lebensfreude. Und ich war gefangen im System der Zeugen, kannte nichts anderes, hatte keinen Sinn fürs Leben, für die Welt, für meine Zukunft.

Ich vereinbarte weiter mit verschiedenen Mitgläubigen einen Treffpunkt zum Predigtdienst. Ich tat, was ich immer getan hatte, ich lief wie ein Hamster im Rad, immer dasselbe, immer in Bewegung, ohne jede Chance auf Besserung, auf Änderung, auf Reinigung und Klärung meiner Situation.

Die Schwestern, mit denen ich Dienst machte, gingen mir auf die Nerven. Eine davon war diese kleine, seltsam hilflos und trotz ihrer Jugend ältlich wirkende Frau, Lena Sturm. Sie war erst sechsundzwanzig Jahre alt, und sie hatte gerade ein Kind zur Welt gebracht, ein Mädchen. Sie hätte viel eher zu Hause bleiben sollen.

Man muss sich vorstellen: ein zwei Wochen altes Baby zu Hause zu haben, müde und kaputt von der Geburt zu sein, und sie wusste nichts Wichtigeres zu tun als mit mir in den Predigtdienst zu gehen.

Noch dazu war die Geburt traumatisch gewesen. Der Arzt hatte sie herablassend behandelt und ihr nicht gegen die Schmerzen geholfen, sie sogar angefahren, weil sie ihm als Zeugin Jehovas jede Verabreichung von Blut sozusagen von vornherein verboten hatte – so traumatisch war die Entbindung also gewesen, dass sie seither so gut wie überhaupt nicht schlafen konnte.

Sie war todmüde, ein Säugling wartete auf sie, sie hatte eine eitrige Nagelbettentzündung und natürlich noch Blutungen, was wollte sie eigentlich an den fremden Türen? Welcher grausame Gott konnte das von ihr verlangen, in ihrem Zustand, mit ihrer Übermüdung?

Und gerade Lena Sturm war unglaublich hartnäckig an den Türen, unglaublich verbissen – diese kleine Frau, die in der Versammlung jeden um Rat und Hilfe bat. Sie ging mir auf die Nerven.

Ich verlor zusehends immer mehr die Bereitschaft, mich zum Dienst zu verabreden. Lieber saß ich bei alten, lieben Leutchen aus der Versammlung, die sich über meinen Besuch freuten und mir ein gutes Gefühl gaben - das Gefühl, geschätzt zu werden.

Ich verabredete mich mit Sabine Mach, um Kranke aus unserem Kreis zu besuchen. Die waren dankbar, dass wir zu ihnen kamen und ein bisschen im Haushalt halfen und ihnen zuhörten, wenn sie über ihre Leiden klagten.

Auch besuchte ich, wenn ich allein Dienst machte, immer wieder die drei einzelnen Frauen, die ich im Dienst aufgetan hatte, bei denen ich passiv sitzen durfte und nicht predigen musste, denn es war ihnen ohnedies lieber, ich hörte ihnen zu.

Die eine Frau hatte ein Baby von zehn Monaten, das war sehr lebhaft und gab immer Gesprächsstoff. Aber nach fünf Wochen bat sie mich, nicht mehr zu kommen, denn für die Bibel interessiere sie sich nicht.

Daran merkte ich, wie ich noch immer von den Zeugen Jehovas beeinflusst war und diesen Geist auf andere ausstrahlte, auch wenn ich das gar nicht mehr wollte.

Die zweite war schon über vierzig gewesen, als sie ihr Kind bekam, und das Mädchen (jetzt sieben Jahre alt) war gehörlos zur Welt gekommen.

Diese Frau, Elisabeth Gmeiner, war diejenige, welche mir von den dreien am besten gefiel, zu ihr kam ich längere Zeit einmal in der Woche, und ich sprach fast nie über die Bibel – wir sprachen meist über ihre Tochter und über die Schule, in die sie ging.

Trotzdem rechnete ich mir die Zeit. Denn der Berichtszettel musste ausgefüllt werden, da konnte ich nur versuchen, mir so gut wie möglich zu helfen. Ich war ja in meiner Eigenschaft als Zeugin Jehovas bei ihr erschienen, auch wenn ich kaum über deren Lehren sprach. Das machte mir überhaupt kein schlechtes Gewissen.

Die dritte Frau war eine sympathische Alte mit klugen Augen, die einsam war und sich immer schon auf meinen Besuch freute. Da konnte ich ihr doch nicht mit den öden, weltfremden und langweiligen Bibelauslegungen der Zeugen Jehovas kommen. Das brachte ich nicht übers Herz. Der Ordnung halber flocht ich Phrasen aus der Versammlung ein, aber sonst redeten wir über alles Mögliche, nur nicht über die Bibel.

Sie erzählte mir viel aus ihrem bewegten Leben. Wir vertieften uns ganz in unser Gespräch. Und plötzlich konnte sie fragen: „Und warum machen Sie nicht etwas aus Ihrem Leben? Das kann doch nicht befriedigend sein, in dieser Sekte." –Womit sie völlig Recht hatte.

14.

Aber ich saß fest in dieser Gemeinschaft. Sie war meine Welt, auch wenn sie mir auf die Nerven fiel. Ich dachte, dass ich nie aus eigener Kraft mein Leben ändern würde können. Und litt stumm vor mich hin.

Das Leiden war mir bereits zur zweiten Natur geworden. Ich weinte nach jeder Zusammenkunft, und meine Lebenskraft schwamm immer weiter fort von mir. Ich dachte, so war nun mal das Leben.

Ich versäumte keine einzige Zusammenkunft, kein einzige verabredete Predigtdienststunde. Und ich war immer gewissenhaft vorbereitet.

An ein einziges Mal kann ich mich erinnern, wo ich die Zusammenkunft geschwänzt hatte, im Nachhinein kommt mir das richtig mutig vor.

Ich war an jenem Nachmittag ganz vertieft in den „Wittiber" von Ludwig Thoma, vollkommen angetan von der Kraft seines Erzählens und seiner urwüchsigen bayrischen Sprache. Das Buch machte mir große Freude.

Ich hatte gerade die Hälfte gelesen, als es Zeit wurde, in die Versammlung zu gehen. Und zum ersten Mal gönnte ich mir lieber die Freude, das ganze Buch in einem Zug durchzulesen. Die Zusammenkunft zu schwänzen.

Ich verbrachte einen glücklichen, erfüllten Abend.

Bald stand wieder der große Sommer-Kongress vor der Türe. In der Versammlung war ständig davon die Rede, und alle waren mit der Planung befasst. Denn diesmal sollten auch die Zeugen aus Polen zu uns eingeladen werden, sie würden neben unserem Kongress einen eigenen in polnischer Sprache besuchen, und sie mussten von uns eingeladen und beherbergt werden. Ich spürte den alten Eifer hochkommen, den die Kongresse immer in mir bewirkt hatten.

Ich lud voller Hingabe zwei polnische Zeugen für die vier Tage des Kongresses in mein Untermietzimmer ein, und ich logierte derweil bei meinen Eltern. Mein Vater zog zu den Großeltern, die Mutter schlief am Sofa, und ich in meinem alten Bett. Das Elternschlafzimmer aber wurde einem polnischen Ehepaar zur Verfügung gestellt. – So weit, so gut.

Mein Vater indes drehte wieder einmal durch. Seit er weder Bernd noch mich als Blitzableiter benutzen konnte, machte ihm mehr denn je die Sex-Verweigerung meiner Mutter zu schaffen. Er genierte sich nicht, darüber zu jedem Zeitpunkt nach seiner Art zu geifern.

Nun aber zog er zum ersten Mal völlig Fremde in sein verrücktes Spiel. Das sah an jenem Abend so aus:

Er schimpfte heftig über seine Frau, wurde rot vor Wut, tobte und geiferte schließlich geradezu mit Schaum vor dem Mund. Vor den Augen der polnischen Gäste, die kein Wort verstanden, aber den Hass und den Wahnsinn spürten, fuhr er richtiggehend aus seiner Haut. Er zeigte heftig auf die beiden Betten im Schlafzimmer und brüllte, dass seine Frau nie ein Doppelbett haben wollte, das sei doch unmöglich von ihr, oder etwa nicht? – Man stelle sich die beiden Gäste vor, die sahen, dass der Mann ihrer Gastgeberin (angeblich ein Bruder) vor ihren Augen durchdrehte und die logischerweise dachten, dass er etwas gegen ihre Übernachtung einzuwenden habe, sonst würde er doch nicht auf die Betten deuten. Sie stammelten: „Mann…nicht gut…Angst".

Ich saß auf meinem Bett und schüttelte beruhigend und wissend den Kopf. Meinem Vater konnte niemand Einhalt gebieten, wenn er wieder einmal durchdrehte. Ich war das langsam schon wirklich gewöhnt.

Wie damals…eine Erinnerung stieg in mir auf. Ich war damals siebzehn gewesen. Meinen Vater plagten wieder einmal seine perversen Sexwünsche, und er setzte meiner Mutter zu, analen Sex mit ihm zu haben. Meine Mutter fand das widerlich und lehnte ab. Daraufhin begann er, sie unter Druck zu setzen (er konnte schon immer gut Druck machen). Meine Mutter wurde immer mehr in die Enge getrieben und litt stumm darunter. Dicke Luft baute sich auf.

Und dann fand mein Vater einen Ältesten – jenen, der eigentlich keiner mehr war – er fand ihn also und besprach mit ihm in unserem Wohnzimmer, ob nach der Bibel eine Frau ihrem Ehemann in allem gehorsam sein musste, wirklich in allem, auch beim Sex. Und ob Analsex unbiblisch wäre. Sie kamen gemeinsam zu dem Schluss, dass ein Mann verlangen könne, was er wolle, die Frau habe gehorsam zu sein.

Er grinste bestialisch in seiner Freude, als der Älteste gegangen war, und er ließ meine Mutter den ganzen Abend lang seinen Triumph spüren. Ha, ich bin dein Herr, du musst machen, was ich will! ...

Meine Mutter regte sich innerlich furchtbar darüber auf, sie nahm Tabletten und legte sich früh schlafen. Es wurde zehn, es wurde elf. Bernd und ich wollten in all der dicken Luft gerade schlafen gehen, als ein Schrei aus dem Elternschlafzimmer drang. Wir stürzten hinüber.

Da saß meine Mutter in ihrem Bett, kalkweiß im Gesicht und mit irren Augen, versuchte zunächst, sich zu beherrschen, als aber mein Vater (der in der Küche ferngesehen hatte) dumm und neugierig schauen wollte, was passiert sei, begann sie wieder zu schreien. Ihre Schreie teilten sich in zwei Sätze: „Ich will raus!" und: „Schau, was du aus mir gemacht hast!", Sätze, die immer wieder von gellenden Schreien durchbrochen wurden.

Mein Herz hämmerte mir bis zum Hals, ich stand auf dem kleinen Balkon in meinem Zimmer und in meinem Kopf klang immer wieder der einmal gelesene Satz: "Das schreckliche Schreien von Wahnsinnigen".

Mein Vater hatte es geschafft, meine Mutter wahnsinnig zu machen. Mit tatkräftiger Unterstützung eines Ältesten der Zeugen Jehovas.

Meine Mutter wurde noch in der Nacht in die Psychiatrie eingeliefert, wo sie nur drei Tage blieb, weil ihre Reaktion ja allen verständlich war.

Es war eine Schande für meinen Vater. Bei der Einlieferung hatte eine Pflegerin zu meinem Vater gesagt: „Was haben Sie denn mit Ihrer Frau gemacht?!" Er hat sie wahnsinnig gemacht – was letztendlich eine logische Folge seines Verhaltens war.

Aber er schämte sich überhaupt nicht.

An jenem Abend, als das polnische Ehepaar bei uns einzog und mein Vater sich genug ausgetobt hatte, verschwand er zu den Großeltern, und bei uns zu Hause kehrte Ruhe ein. Wieder einmal war ein Sturm bestanden. Aber ich hätte gerne gewusst, was das polnische Ehepaar zu Hause über seinen freundlichen Gastgeber wohl zu erzählen wusste…

Damals war ich trotz allem noch so mit den Zeugen verbunden, dass ich diesen Kongress geradezu genoss. Es war ein erhebendes Gefühl der Verbundenheit, der Zusammengehörigkeit, als die Polen in ihrem Großraumzelt und wir in unserem Stadion das gleiche

Programm hörten, die gleichen Lieder sangen, es war dieses „Neue-Welt-Gefühl", das einem die Kongresse immer gaben. Das Gefühl, nach dem Krieg Gottes brüderlich zusammen auf einer gereinigten Erde zu leben, in vollkommenem Frieden und Harmonie.

Am Schluss kamen die Polen in geschlossener Formation zu uns ins Stadion herüber, wir applaudierten, sie winkten. Es war eine Demonstration der Brüderlichkeit. Wir waren weltweit verbunden, eine unverbrüchliche, getreue Bruderschaft. Es war so beeindruckend, dass mich Schauer der Ehrfurcht überliefen. In diesem Augenblick war ich glücklich, eine Zeugin Jehovas zu sein.

Aber meine Begeisterung verflog und ich landete hart am Boden der Realität.

Die regulären Zusammenkünfte wälzten sich wieder langweilig und manchmal quälend dahin, und ich dachte darüber nach, wie ich sie besser und erquicklicher hinter mich bringen könnte.

Ich las sehr gern. Also überlegte ich, während der Zusammenkünfte zu lesen, natürlich kein gutes (weltliches) Buch, sondern die zweite Zeitschrift neben dem „Wachtturm", das „Erwachet", das erzählender war und nicht ganz so belehrend.

So weit so gut. Ich wagte es und las während der Zusammenkunft im „Erwachet". Ich merkte zwar nichts von irgendwelchen irritierten Blicken. Aber nach den zwei Stunden kam Florian, Katjas Mann, zu mir und sagte auf seine polternde Art: „Hanna, du kannst ja nicht einfach lesen während der Ansprachen, du bringst ja die anderen durcheinander!"

Ich gab keine Antwort, blickte durch ihn hindurch und zuckte mit den Schultern. Ich wollte mir ja bloß die Zusammenkünfte leichter machen. Ich blickte zu Katja hinüber, aber die schaute abweisend drein, die redete kein Wort mehr mit mir, ganz als wäre ich schon ausgeschlossen. Nein, ich selber - und nur ich - musste einen Weg finden, mein Leben erträglicher zu machen.

Ich erleichterte mir noch mehr den Predigtdienst. Da man, wenn man Zeitschriften auf der Straße anbot, nicht reden musste, stellte ich mich wieder an belebte Ecken und bot Zeitschriften an. Ich stand da, fühlte mich abschätzigen Blicken preisgegeben, hoffte, dass die Zeit verging und dass ich mir ein paar Stunden schreiben konnte. Am liebsten hätte ich die Zeitschriften in alle Winde verstreut und geschrieen: „Ich bin frei! Ich bin frei!".

Aber noch war ich so befangen vom Urteil der Zeugen, die mich für schlecht und gottlos hielten, weil ich selbstsüchtig war und eigene Wege gehen wollte, ich war von meinem Vater her so verletzt in meiner Selbstachtung, dass ich nicht imstande war, zu tun, was ich selbst für das Beste hielt. Ich hatte Schuldgefühle und sagte mir, dass ich mich schämen müsse dafür, selbstsüchtig auf den eigenen Vorteil bedacht zu sein, dass ich egoistisch sei – und diese Gedanken bewirkten, dass ich mich immer noch nicht lösen konnte vom Einfluss der Zeugen.

Eine Episode mit meiner Exfreundin Katja fällt mir ein. Ich war gerade in meine Einzimmer-Wohnung im 14. Bezirk gezogen und kam auf dem Weg nach Hause an der Kennedy-Brücke vorbei, ein beliebtes Gebiet für den „Straßendienst". Und prompt steht da Katja in ihrer ganzen Größe und bietet Zeitschriften an.

Erfreut gehe ich auf sie zu, ein strahlendes Lächeln im Gesicht (schließlich war ich einmal sehr vertraut mit ihr gewesen). Ich denke mir nichts anderes, als dass ich der einstigen Freundin mitteilen will, wo ich jetzt wohne.

Aber sie tritt zurück mit einem peinlich berührten Lächeln, gibt mir keine Antwort, redet kein Wort mit mir und grinst mich die ganze Zeit dümmlich und verlegen an – ich war noch nicht einmal ausgeschlossen! (Dass mit Ausgeschlossenen kein Wort mehr geredet werden darf, das wusste ich.)

Ich hingegen war ja noch immer ein Glied der Versammlung, wenn auch „schwach geworden im Glauben".

Diese Begegnung erschütterte mich und befreite mich zugleich. Wenn eine Exfreundin so dumm zu mir sein konnte, so waren doch die Zeugen Jehovas als Gesamtheit reichlich eigenartig, oder? Und nicht sehr sympathisch.

15.

Wie viel Kraft und Gesundheit steckte noch immer in mir – und andererseits wie viel Zwang und Gleichmacherei im System der Zeugen Jehovas – dass ich nun immer deutlicher spürte, mein Leben verändern zu müssen. Ich würde etwas brauchen, das mich erfüllte und meinem Leben Wert gab.

Ich liebte Bücher. Ich liebte Musik, stundenlanges Lesen, Schreiben, Kreativität. Die Arbeit bei Morawa war zwar ganz erträglich, konnte mich aber nicht ausfüllen. Ich wollte einen Beruf, der zugleich Berufung war. Ich wollte wegkommen davon, dass die Zeugen das Wichtigste in meinem Leben waren. Ich wollte realer werden, wirklicher, wollte in dieser Welt, in der ich nun mal lebte, Fuß fassen. Wollte tun, was mich freute.

Damals besuchte ich oft eine Bücherei, in der ich mich sehr wohl fühlte. Ich kannte den Bibliothekar schon lange und schätzte ihn, er hieß Heinrich Gudenus. Ein älterer, feiner, sehr belesener Herr, mit dem ich immer wieder gern sprach, der weltklug war und mir Bücher empfahl, die mir halfen, mich bildeten, mich auf den richtigen Weg brachten.

Ich las verschiedene Literaturgeschichten, war interessiert an allem Schrifttum, ob alt oder modern, las auch eine gute Stilkunde, suchte und stöberte so lange in der Bücherei herum, bis ich zufrieden stellende Bücher fand. Herr Gudenus beobachtete mich, half mir, und eines Tages sagte er zu mir:

„Frau Schmaldienst, ich habe mich immer darüber gewundert, dass Sie nur Handelsarbeiterin sind. Bei Ihrer Begabung und bei dem, was Sie lesen – warum bewerben Sie sich nicht für den Büchereidienst?"

Ich war überrascht und stammelte nur: „Aber – ich habe ja keine Matura!".

Oh, das mache nichts, sagte mir mein Bibliothekar. Ich könne in der Bücherei arbeiten und mich im entsprechenden Kurs ausbilden lassen – nur eine eigene Bücherei leiten dürfe ich ohne Matura nicht. „Aber wäre das nicht eine schöne Arbeit für Sie? Bei Ihrer Intelligenz, Frau Schmaldienst, und bei Ihrem ausgeprägten Interesse für Literatur!".

Ich dankte ihm herzlich, verabschiedete mich und war sehr nachdenklich geworden. Das wäre etwas, das glich ja wirklich einer Berufung – als Bibliothekarin arbeiten! Ja, das hatte etwas, das könnte mich reizen.

Am nächsten Tag ging ich in den Predigtdienst mit meiner „Freundin" Lena Sturm. Ich trottete neben ihr her, lustlos, ohne Einsatzfreude, und beobachtete genervt, wie sie wieder einmal Leute bedrängte mit ihrer Hartnäckigkeit. Es war, als wollte sie gewaltsam erzwingen, was nun einmal nicht möglich war.

Als wir so gingen, kamen wir an einer Städtischen Bücherei vorüber. Ich erblickte im Vorbeigehen die schönen Bücherregale, die Menschen, die friedlich darin stöberten – dieses ganze erfreuliche Ambiente. Ich dachte an den Beruf, der mir nun offen stand und fühlte mich glücklich. Und sagte nachdenklich zu Lena: „Ich könnte als Bibliothekarin arbeiten.".

„Was für eine Karin?", gab sie zurück, im Innern beschäftigt mit der Frage, wie sie die Menschen noch besser erreichen konnte. Da begriff ich, wie weit ich bereits entfernt war von dem, was einer Zeugin wichtig schien, wie weit fortgeschritten bereits meine innere Loslösung war, wenn mir eine Bücherei wie der Himmel auf Erden vorkam, gemessen an dem für mich so anstrengenden Predigtdienst.

Mit frischer Energie rief ich bald darauf die Personalstelle der Wiener Städtischen Büchereien an und bekam einen Vorstellungstermin schon in der nächsten Woche. Und nicht lange danach erhielt ich bereits einen Termin zur Aufnahmsprüfung. Ich fühlte mich voller Tatendrang, las mit neu erwachtem Eifer in meiner ausgeliehenen deutschen Literaturgeschichte, weil ich mich auf die Aufnahmsprüfung vorbereiten wollte und danach diesen Beruf ergreifen, der mich schon von vornherein so glücklich machte.

Es ist mir heute nicht mehr richtig nachvollziehbar, aber ich kündigte meine Arbeitsstelle, sowie nur am Horizont der geringste Lichtstreif einer neuen Betätigung auftauchte. Obwohl ich dann ein paar Monate beruflich in der Luft hing. Aber ich war es leid, bei Morawa nur die „Arbeiterin" zu sein, war es leid, etwas zu tun, das mir nicht gefiel.

Außerdem wollte ich die Arbeitskollegen los sein, die über mich redeten. Denn in den Pausen hatte ich manchmal in der Bibel gelesen – im Rahmen des

Bibelleseprogramms der Versammlung. Ich merkte (und es war mir unangenehm), dass mich die Kollegen nicht für voll nahmen. Sie spotteten hinter meinem Rücken über mich. Und ich war auch noch in einer psychisch labilen Verfassung. Deswegen wollte ich so schnell wie möglich alles Alte, Vergangene abstreifen und als neuer Mensch ein anderes Leben beginnen. Eine unrealistische Einstellung.

Ich bestand selbstverständlich die Aufnahmsprüfung. Aber noch musste ich auf einen Ausbildungsplatz warten und litt wieder sehr unter meinem alten Leben. Ich war verstrickt in die Gemeinschaft und mit tausend Fesseln an mein Leben als Zeugin Jehovas gebunden. Und meine Eltern waren keine Hilfe. Ihnen konnte ich nicht einmal von der bestandenen Aufnahmsprüfung erzählen und davon, dass ich meine alte Stelle zu rasch gekündigt hatte. Zu meinem Vater war ohnedies normaler Kontakt nicht mehr möglich. Kaum sah er mich, geriet er in Aufregung.

Damals war es bereits so, dass ich meine Mutter nur besuchte, wenn der Vater nicht daheim war. Aber sie kochte manchmal für mich und gab mir Essen und meine gewaschene Wäsche mit. So war es unvermeidlich, dass er mich sah, während ich meine von der Mutter gefüllten Taschen heim trug. Sogleich geiferte er, dass ich ständig „Sachen wegschleppte". Er schien besessen von seinem Hass gegen mich.

Eines Tages verbrachte ich ein paar Stunden zu Hause im Zimmer meiner Mutter, das sie sich eingerichtet hatte. Ich belästigte gar niemanden. Ich war nur einfach bei meiner Mutter auf Besuch.

Mein Vater kam heim, entdeckte, dass ich da war, schnaufte etwas von „unerhört" und rief auf der Stelle einen Glaubensbruder an, der bei der Polizei arbeitete. Ich hörte ihn völlig aufgelöst in den Hörer keuchen, ob man mich polizeilich aus der Wohnung weisen könnte.

Der andere fragte anscheinend, was ich denn getan hätte. Nichts, nur bei der Mutter gesessen und ihn wieder ausgenützt – aber das, sagte der Glaubensbruder, das wäre kein Grund für eine polizeiliche Wegweisung. Mein Vater war empört, aber er konnte nichts tun.

Mir war das Ganze unverständlich, und es machte mir Angst. Es war so verrückt. Man muss sich vorstellen: Ich besuche meine Mutter und sitze still und friedlich in ihrem Kämmerlein. Ich tue überhaupt nichts Böses. Ganz ruhig trinke ich meinen Kaffee. Ich war ja gar nicht zu meinem Vater gekommen. Ich hatte ihm nichts getan. Wie verrückt konnte man sein? Tatsache war: ich hatte Angst vor ihm. Ich hatte Angst, aber er fühlte sich von mir bedroht. Und verfiel wieder in seine übliche seelische Gewalttätigkeit.

Ich hatte das alles so satt. Ich hatte meinen Vater satt. Nie hatte er mir gegeben, was normale Väter ihren Töchtern mitgaben: Selbstvertrauen, Sicherheit, einen starken Rückhalt, Liebe. Er hatte mir gegenüber gar kein normales Verantwortungsgefühl. Er lebte in einer Welt voller Feinde, nur er war der „Gute" auf dem alle herumhackten. Mit meiner ganzen Liebe, meiner Bewunderung, meiner kindlichen Achtung vor ihm hatte ich keinen Funken von Normalität aus ihm herausholen können, kein bisschen Beschützerinstinkt oder auch nur ganz normale Gönnerhaftigkeit.

Als ich mich später in meiner neuen Wohnung im 14. Bezirk eingerichtet hatte, neidete er mir meine Bücher und sagte, die habe ich alle von ihm „weggeschleppt".

Meine Mutter konterte nervös: „Ich habe ihr die Bücher von mir mitgegeben - aber nur von mir, aus meinem Buchklub - niemals deine!"

Er blieb bei seiner Sicht, ich hätte ihn bestohlen. Nicht einmal ein paar Bücher wollte er mir gönnen! Und andere Kinder bekamen Eigentumswohnungen von ihren Vätern, ein eigenes Auto, Anerkennung, Wertschätzung und Liebe! ...

An meine allerletzte Predigtdienststunde kann ich mich noch gut erinnern. Ich hatte mich mit Susanne Mach verabredet, der siebzehnjährigen Tochter von Sabine. Sie und ihre heranwachsende Tochter waren meine besten Freundinnen.

Wir nahmen unseren Dienst also in Angriff und sprachen an ein paar Türen vor. Ich war wie immer sehr lustlos. Ich hatte einen angeödeten Blick und träge Bewegungen.

Die feinfühlige Susanne fragte behutsam: „Freut es dich heute nicht?"

Ich gab zur Antwort: „Mich freut es schon lange nicht mehr!". Darauf sie: „Warum tust du es dann, wenn es dich nicht freut?".

Ich sah sie an und dachte verblüfft: Ja, warum tue ich es überhaupt noch? Es war mir doch längst schon nur noch eine Last. Die Erkenntnis war verblüffend und mir völlig neu: wenn dich etwas nicht mehr freut, dann lass´ es doch einfach!

Ich konnte plötzlich wieder lachen. All mein Lebensmut und meine Freude kehrten zurück. Gut gelaunt lud ich Susanne zum Tee trinken ein und plauderte mit ihr über alles Mögliche, nur nicht über unseren Dienst. Ich hatte neuen Schwung. Nun standen mir alle Türen offen. Meine Last würde irgendwann restlos von mir abfallen.

16.

Als ich bald darauf in der Bücherei zu arbeiten begann, war ich zwar noch immer verbunden mit den Zeugen Jehovas, glaubte noch immer an deren Bibelauslegung und wollte Jehova nicht missfallen. Aber die Fesseln hatten sich gelockert. Ein gesunder Geist sagte mir: „Geh´ deiner eigenen Wege und hoffe nicht zu sehr auf deine so genannten Brüder!" – doch wenn ich depressiv war, wünschte ich mir immer noch die Hilfe eines Ältesten. Ich wurde auch von ihnen besucht, denn ich galt als arm und schwach im Glauben. Aber es half mir nicht.

Was mir die Ältesten geben konnten war so weit entfernt von dem, was ich wirklich brauchte. Es förderte nicht mein Selbstwertgefühl. Es stabilisierte nicht meine berufliche Existenz. Es heilte mich nicht. Ich sollte nur wieder in die Herde der Schafe eingegliedert werden, gleich gemacht werden mit all den anderen. Ein verlorenes Schaf, das wieder zurückgekommen war zur Freude seines Hirten.

Ich war zwar in der neuen Versammlung im 14. Bezirk sehr herzlich aufgenommen worden. Es gab dort eine Gruppe von erwachsenen Mädchen in meinem Alter, die mir warmherzig entgegenkamen und mir Freundschaft, Austausch und angeregte Unterhaltungen boten. Wir besuchten gemeinsam Konzerte und Theaterstücke. Wir spielten Gesellschaftsspiele. Wir wanderten zusammen. Wir saßen gemütlich beisammen und tranken Kaffee.

Es war irgendwie nett, von Anfang an in eine gut funktionierende Gruppe einbezogen zu werden. Aber ich fühlte mich trotzdem nicht wohl. Das war nicht das, was ich gesucht hatte. Diese jungen Frauen hatten zwar ein starkes Gefühl der Zusammengehörigkeit. Aber sie waren nicht sie selbst. Sie waren verlässliche Schafe innerhalb der Herde. Und genau das wollte ich nicht sein.

Ich mochte zwar diese Gruppe junger Frauen. Sie waren frisch, herzlich und natürlich, sie waren gute Freundinnen. Aber sie waren nicht frei. Sie hingen, ohne es zu wissen, mit allen Fasern an ihrer Religionsgemeinschaft. Alles was sie dachten und fühlten war an die Zeugen gebunden. Sie waren zufrieden, und ihre Gefangenschaft schien ein natürlicher Zustand zu sein.

Dennoch kamen sie mir vor wie Blinde, die nicht wussten, dass es eine andere Existenz außer der ihren gab. Ich aber wollte etwas ganz anderes. Ich wollte meinen eigenen Weg finden. Mein eigener Herr sein.

Wir stießen ein paar Mal zusammen. Wir waren längst nicht immer einer Meinung. Und immer war ich diejenige, die aus der Reihe fiel.

Einmal beim Spazierengehen schwärmten die Freundinnen von einem Artikel im neuen „Erwachet". Ich sagte: „Das lese ich schon lang nicht mehr, das ist in einem schrecklichen Deutsch geschrieben. Kein Wunder, wenn die Übersetzung aus dem Amerikanischen bloß ein Computer macht!".

Sie wandten sich erschrocken mir zu. „Was, du liest das nicht mehr? Warum denn?".

Die eine meinte verwundert: „Aber die Artikel strotzen doch nur so vor gesammeltem Wissen". Eine andere sagte kategorisch: „Also auf die Zeitschriften lasse ich nichts kommen!". Es war offensichtlich, dass ich ins Fettnäpfchen getreten war.

Daraufhin gab es eine längere Verstimmung zwischen uns. Ein paar Wochen gingen wir aneinander vorbei. Und ich fühlte wieder deutlich, dass ich nicht mehr zu ihnen gehörte. Ich wollte nicht in dieser sonderbaren Welt des vermeintlichen Paradieses leben.

Mir kam immer deutlicher zu Bewusstsein, dass ich in einer Welt, die einzig und allein von Zeugen Jehovas bevölkert war, nicht leben wollte. Ich machte mir meine eigenen Gedanken. Das machte mich natürlich einsam. Gewöhnt an den ständigen Kontakt mit Menschen, wie er sich in der Versammlung ergab, noch voll von Erinnerungen an die anregenden Gesellschaften, die sich um Katja und Helene gebildet hatten, fand ich die durch meine Loslösung entstandene Einsamkeit bedrückend. Vielleicht ging ich deshalb immer wieder hin. Ich fühlte mich nicht wohl dort und ich galt auch bereits als abtrünnig und der Welt zugewandt. Aber ich kann mich erinnern, dass ich immer und immer wieder zu den Zusammenkünften ging. Vielleicht war es reine Gewohnheit.

Dennoch hatte ich mich bereits so weit von den Zeugen entfernt, dass mir das Programm schwer auf die Nerven ging. Dieses ganze Gerede vom Ende dieses Systems der Dinge, von der Notwendigkeit, den Menschen die gute Botschaft zu verkündigen und von unserer Sündhaftigkeit. Und vom Teufel, der große Wut hat, weil er weiß, dass er nur eine kurze Frist hat (Offb. 12,12).

Die Clique junger Frauen, die mich vor ein paar Monaten so herzlich aufgenommen hatte, ließ mich schließlich fallen. Allzu deutlich hatte ich meine Unlust gezeigt, ein weiteres Schaf in der Herde zu sein. Ich galt als gefährdet. Man beobachtete mich voller Misstrauen.

Ich besuchte kaum mehr die Zusammenkünfte und machte keinen Predigtdienst mehr. Aber die Mitfühlenden in der Versammlung wussten, dass ich mich nicht aus Bosheit zurückgezogen hatte, sondern weil ich mich psychisch nicht wohl fühlte.

Zu jener Zeit ging es mir so schlecht, dass ich nur noch Hilfe suchte. Und nach alter Gewohnheit suchte ich sie immer noch in der Versammlung. Ich hätte nicht gewusst, wo ich sonst Hilfe hätte suchen sollen. Vor einem eventuellen Arztbesuch schreckte ich zurück. Ich hatte Angst, nicht verstanden zu werden.

Einer von den Ältesten, ein wohlwollender Mensch, lud mich zum Sonntagsessen ein. Er sagte, er hätte eine Frau, die ebenfalls schwer depressiv sei, Paula. Und ihr Bruder

Max leide an derselben Krankheit. Seine Frau würde sich freuen, mir ein wenig helfen zu können. Sie hatten übrigens einen Sohn, den zehnjährigen David.

Es war wirklich ein anregendes Essen. Paula war mir sehr sympathisch, eine magere, aschblonde Frau mit einer ruhigen und erfahrenen Ausstrahlung. Sie hatte gelernt, ihre Pflichten auf eine schonende Weise zu tun, und sie erzählte, wenn sie stark depressiv sei, so könne sie nur noch mit Mühe das Nötigste schaffen.

Sie hatte eine endogene (von innen kommende) Depression. Diese könne durch Auslöser hervorgerufen werden oder aber sich ohne ersichtlichen Grund einstellen und wochen- oder monatelang wie ein Unwetter über ihr hängen bleiben. Sie sei dann sehr reduziert, könne nur schwer aufstehen und kaum ihren Pflichten nachgehen, und obwohl David ein unkompliziertes Kind sei, würde ihr die Sorge für ihn dann manchmal zuviel.

Das Leiden sei so unerträglich, dass sie oft an Selbstmord denke. Sie könne sich dann nicht einmal anziehen und läge wie eine Schwerkranke im Bett. Aber so extrem sei es nicht jedes Mal. Und außerdem sei es eine Krankheit und kein Charakterfehler, wie leider manche dachten.

Ich erzählte ihr, dass mir das Klavier spielen so gut getan hätte, und sie sagte darauf, das habe sie auch machen wollen. Aber es sei ein übler Depressionsauslöser gewesen, als das Klavier geliefert worden war und sie sich vorgestellt hatte, gleich alle Melodien spielen zu können, die sie im Kopf hatte. Es sei eine herbe

Enttäuschung gewesen; sie habe gedacht, von ihrer Kindheit her noch spielen zu können, und dann das.

Während wir miteinander sprachen, war mir bewusst, dass ich hier zum ersten Mal einer Zeugin Jehovas gegenübersaß, die etwas von der menschlichen Psyche verstand. Die nicht wie ein Schaf in der Herde bloß tat, was die Versammlung wollte. Die nachdachte und mir gegenüber mit Verständnis reagierte. Die mich nicht als Sünderin abstempelte wie die anderen.

Denn ich war nicht „abtrünnig" weil ich sündig und gottlos war, sondern weil mich die Gleichmacherei und der sonderbare Glaube der Zeugen an einen Gott, der einen Krieg führen würde und dem man dienen musste, hoffnungslos verzweifelt gemacht hatte. Nicht einmal einen Beruf hätte ich lernen sollen, sondern bloß jobben und daneben möglichst viel Predigtdienst tun. Und wie sollte ich auf diese Art ich selber sein? Außerdem hatte mich mein absurdes und ewig verrücktes Elternhaus völlig depressiv gemacht. Ich brauchte eine neue Orientierung.

Mit Paula fühlte ich mich wohl. An ihr war etwas Großzügiges, das ich von anderen Zeugen- Frauen, namentlich von jenen, die mit Ältesten verheiratet waren, nicht kannte.

Wohltuend war, dass ihr Mann sie achtete, wertschätzte und respektierte. Das war eine große Ausnahme. Je höher ein Mann im Ansehen der Versammlung stand, desto unwichtiger und gehorsamer lief neben ihm her seine Ehefrau. Das sah ich an einem anderen Paar in der

Versammlung, das Thurn hieß, Gernot und Sibylle Thurn.

Der Mann war ein Ältester mit arroganter Ausstrahlung, mir sehr unsympathisch, kalt und abweisend und völlig auf sein Herrschertum fixiert. Er hatte keine Liebe im Herzen und keinerlei Achtung vor Schwächeren. Sein Äußeres war gepflegt und kühl, schmales Gesicht, stolze graue Augen, lange, manikürte Hände, und er trug immer elegante Anzüge.

Pflichtbewusst lud mich seine Frau Sibylle zum Kaffee ein. Sehr hübsch und weiblich war sie und gerade schwanger, aber derartig unterwürfig, dass mir die Übelkeit hochkam. Alles was sie tat und sagte, war von ihrer Untertänigkeit gefärbt. Sie hatte keine eigenen Ansichten und war mit sich selbst vollkommen einig, dass der Mann, der Haushalt und das Kind ihre ganze Erfüllung bedeuteten. Nur dem Mann alles aus dem Weg räumen, ihn bedienen, auf sein Wort hören wie auf das Evangelium, „keusch sein und im Hause arbeiten" (Tit. 2,5), so sollte die perfekte Ehefrau sein.

Ich dachte an das ungeborene Kind und hatte Mitleid mit ihm. Sein despotischer Vater würde ihm das Leben zur Hölle machen, und es würde reduziert sein auf ein bloßes Sklavendasein, besonders wenn es ein Mädchen wurde. Stumpf und gehorsam würde es alles tun müssen, was sein Vater von ihm verlangte. Dieser herrische und unliebenswürdige Mensch mit seiner eitlen Arroganz. Ich verabscheute die kalte und siegesgewisse Miene dieses Mannes, denn ich fühlte dahinter Lieblosigkeit und sogar Grausamkeit. Die gehorsame Sibylle tat mir Leid. Ganz anders dagegen das Ehepaar Paula und Erhard Gruber.

Erhard war ein liebenswerter Mensch, der sich für andere interessierte und Schwächere achtete, besonders seine eigene Frau. Sie durfte so leben, wie es ihr behagte. Sie besorgte zwar den Haushalt, aber der war längst nicht ihr einziges Interesse. Sie besaß ein paar Hobbys. Sie las, sammelte Jugendstilvasen, spielte Klavier und schaffte sich für ihren Sohn sogar einen kleinen Hund an. Und wenn diese schwarzen Wolken der Depression über ihr hingen und ihr Leben düster machten, dann durfte sie sich ohne Gewissensbisse ins Bett zurückziehen. Depression an sich bedeutet schon eine unerhörte Qual, wie viel mehr dann, wenn die Umgebung keinerlei Verständnis für die Krankheit zeigt.

Erhard besaß dieses Verständnis. Für ihn war seine Frau einfach krank, wenn sie aus psychischen Gründen im Bett lag, so als hätte sie Angina und hohes Fieber, und er ließ sie in Ruhe. Dann kochte eben er und kümmerte sich um Kind und Hund. Bei ihm gab es das nicht, diese Dünkelhaftigkeit vieler Zeugen - Männer, dass die Frauen sie bedienen müssen und stets auf ihr Wohl bedacht zu sein hatten. Er betrachtete sich als ihren Kameraden, ihren alten Kumpel, und sie lebten liebevoll miteinander in einer harmonischen Partnerschaft voll Interessen und Intimität.

So etwas kannte ich von zu Hause nicht. Meine Eltern waren, damit verglichen, unglaublich verrückt. Obwohl sie der Meinung waren, psychisch in Ordnung zu sein.

17.

Seit Bernd und ich ausgezogen waren, brodelte der Irrsinn immer heftiger zwischen meinen Eltern. Sie führten Krieg miteinander. Sie hassten sich, sie bekämpften sich, sie brachten sich gegenseitig beinahe um. Meine Mutter wünschte sich die Scheidung, aber mein Vater bockte und wollte partout, dass sie sich endlich veränderte und die Richtige für ihn war.

Aber dass das irgendwie nicht funktionierte, wurde ihm trotz seiner Verrücktheit klar. Wenn sie verstört und wütend um die Scheidung bat, bellte er sie an, er zahle ihr doch nicht auch noch Unterhalt für „fünfundzwanzig Jahre Ärger". Und überhaupt, sie solle sich doch „behandeln lassen", sie sei ja offensichtlich krank. Ein paar Spritzen, ein kleiner Krankenhausaufenthalt, und sie wäre viel normaler. Dass er selber in keiner Weise mehr als normal zu bezeichnen war, kam ihm nicht in den Sinn.

Immerhin setzte er erste Schritte. Er rief beim Psychosozialen Dienst an und vereinbarte mit einer Ärztin (einer gewissen Dr. Uller) einen Termin für seine Frau und sich selbst. Natürlich hatte er im Hinterkopf den Gedanken, dass seine Frau durch eine psychiatrische Behandlung ganz gefügig und demütig werden würde und endlich so, wie er sie haben wollte.

Meine Mutter war in dieser Zeit ständig in Tränen aufgelöst, rauchte nervös ihre Zigaretten und hatte mit ihrem Kreislauf massive Schwierigkeiten. Ein paar Mal

171

kollabierte sie. Manchmal nach den heftigen Angriffen durch ihren paranoiden und immer perverser werdenden Mann legte sie sich ins Bett und trank. Sie vertrug keinen Alkohol, aber sie hoffte, dass dieser ihr in äußerster Not helfen würde, wenigstens ein bisschen abschalten zu können.

Eines Tages war Bernd in die elterliche Wohnung gekommen und hatte unsere Mutter im Alkoholdunst bewusstlos liegend vorgefunden. Ihr Puls war kaum zu fühlen gewesen (sie hatte zusätzlich Valium genommen), ihr Blutdruck so erschreckend niedrig, dass sie in akuter Lebensgefahr schwebte.

Bernd hatte sofort den Notarzt geholt. Er hatte die Mutter ins Spital begleitet, hatte alles Nötige für sie besorgt. Er war erschüttert vom Ausmaß ihres Zusammenbruchs, und er versprach ihr tief betroffen, mit unserem Vater zu reden.

Wie immer kam bei diesem Gespräch nichts Rechtes heraus. Mein Vater sagte nur immer wieder, sie solle sich behandeln lassen. "Ein paar Spritzen...". Wenigstens gab er zu, dass eine Scheidung vielleicht doch vorstellbar wäre.

Aber aus welchem Grund? Er würde nicht einfach die Schuld auf sich nehmen. Er geiferte: „Dann muss eben Schmutzwäsche gewaschen werden!" Was für eine Schmutzwäsche, dachte ich verwirrt. Die beiden hassten einander doch so offensichtlich. Es beruhte doch auf Gegenseitigkeit.

Ich sagte schüchtern, dass ich an den Scheidungsgrund „seelische Grausamkeit" dächte. Mehr hatte ich nicht gebraucht. „Seelische Grausamkeit, was für eine Idiotie! Bin ich vielleicht grausam zu ihr gewesen? Habe ich sie je geschlagen? Oder habe ich ihr nur ihr zartes Seelchen geknickt? Was heißt eigentlich seelische Grausamkeit, hä? Kannst du mir das mal erklären?" Und ein gemeines Grinsen breitete sich über sein ganzes Gesicht aus.

Immerhin erklärte er sich bereit, zu dieser Dr. Uller zu gehen, zusammen mit seiner Frau. Vielleicht könne die sie gegen ihren offensichtlichen Irrsinn behandeln.

Inzwischen lernte ich Paulas jüngeren Bruder Max kennen. Seine Psyche war so geschädigt, dass arbeiten für ihn eine unzumutbare Anstrengung bedeutete. Er war mit seinen dreißig Jahren schon pensioniert. Alles was er konnte war liegen oder am Fenster lehnen. Er schaute fern, döste und rauchte seine Zigaretten in jeder wachen Minute (deswegen war er bei den Zeugen ausgeschlossen). Er führte ein vollkommen passives Leben mit seinen Depressionen und seinen Selbstmordgedanken.

Er interessierte mich und machte mich neugierig. Vielleicht würde ich durch ihn mehr über mich selbst erfahren. Vom ersten Moment an entstand eine Art Beziehung zwischen uns. Für mich, die ich erst dreiundzwanzig war, schien er bereits alt, denn er sah weitaus älter aus als seine dreißig Jahre vermuten ließen. Aber ich hatte Mitgefühl mit ihm. Ich wusste, wie sehr eine Depression einen hilflos und gepeinigt machen konnte, kannte die Todessehnsucht. Das alles beschäftigte mich.

Wir redeten viel miteinander. Wir erzählten uns gegenseitig unsere Geschichte. Seine Ehe war gescheitert und er lebte wieder bei der Mutter, was ihm gar nicht gut tat. Aber er war durch seine Krankheit zu passiv, um irgendetwas zu verändern. Er vertraute mir an, dass er Unmengen an Tabletten schluckte. In der Psychiatersprache hieß das „Polytoxikomanie", erzählte er mir. Er war abhängig von einer Unmenge an Tabletten, und er trieb Missbrauch damit. Er hatte einmal nicht schlafen können und hatte nach und nach dreißig Tabletten Melleril geschluckt. Am nächsten Morgen war er – noch immer schlaflos - zu seiner Ärztin gefahren und hatte dort um ein Rezept für jene Schlaftabletten gebeten, nach denen er süchtig war. Seine Ärztin, die nichts vom Melleril wusste, verschrieb ihm das Gewünschte. Es hielt nicht lange vor.

Man mag jetzt denken, dass er danach einen Zusammenbruch erlitt oder tagelang schlief. Tatsache aber war, dass er diese unzähligen Tabletten offenbar ohne jede Schwierigkeit vertrug.

Er war ein rundlicher Mann mit kleinen, müden Augen und schütterem aschblondem Haar. Eigentlich war er ziemlich unansehnlich. Aber ich interessierte mich für ihn. Und umgekehrt hatte er sich auf den ersten Blick in mich verliebt. Aber das wollte ich nicht wahrhaben. Mich interessierte einzig seine kranke Psyche, nicht seine Männlichkeit.

Er war früher Pharmazeut gewesen, hatte sich immer für Giftstoffe und deren heilsame Anwendung interessiert. Er hatte gerade sein Studium abgeschlossen und seine erste Stelle angetreten, als die schon immer vorhandenen

Depressionen länger und stärker wurden und ihn zu mehreren ausgedehnten Krankenständen zwangen. Sein Leben hatte sich mehr und mehr verdüstert, bis er letztendlich in Pension gehen musste. Aber sein Interesse an der Pharmazie war geblieben.

Er erzählte mir von seinem Beruf. Die Arbeit selbst hatte er geliebt. Ich besaß damals ein Zwergkaninchen, und an dessen Körper, den er mit ziemlicher Rohheit anfasste, erklärte er mir die Tierversuche, die er durchgeführt hatte. Mir gefiel das gar nicht, und ich tröstete mein Kaninchen, aber er war stolz, dass er an der Schmerzlinderung kranker Menschen mitgearbeitet hatte. Dafür mussten eben Tiere herhalten, sonst war kein medizinischer Fortschritt möglich.

Er hatte seinen Beruf also aufrichtig geliebt. Dennoch erfasste ihn von innen her ein mehr und mehr unerträgliches Leiden und machte alle Freude an der Arbeit zunichte. Immer war seine Umgebung der Auslöser für monatelange Krankenstände. War ein Kollege unfreundlich zu ihm, grüßte ihn nicht oder kritisierte ihn scharf, so zog das Wochen der Depression nach sich. Wochen, in denen er daniederlag wie ein Schwerkranker. Hundertmal liefen vor seinen Augen die peinigenden Bilder ab, besonders wenn er wegen eines Fehlers wie ein Schulbub heruntergemacht worden war.

Gegen Ende seiner Berufslaufbahn konnte er sich nach diesen Zusammenbrüchen nicht mehr erholen. Er rauchte, trank und nahm Unmengen an Tabletten. Und er war nicht einmal mehr fähig, sich zu waschen, zu rasieren und anzuziehen.

Als ich ihn fragte, ob es ihn nicht noch kränker mache, so jung schon in Pension zu sein, sagte er: „Im Gegenteil. Früher habe ich diesen wahnsinnigen Leistungsdruck und die Kollegen aushalten müssen. Heute brauche ich niemanden mehr zu sehen, der mich krank macht. Krank bin ich ohnedies schon gewesen. Jetzt darf es auch sein. Ich darf krank sein, ohne fürchten zu müssen, dass ich finanziell nicht über die Runden komme."

Und wenn ich ihn ansah mit seinem depressiven, früh gealterten Gesicht, so konnte ich mir vorstellen, was er meinte. Ich hatte das Gefühl, dass es mir im Leben ähnlich ergehen könnte. Langsam schien ich auf etwas Ungutes zu zutreiben. Und in diesem sich anbahnenden Absturz gab es keinen wie auch immer gearteten Halt.

18.

Die Arbeit in der Bücherei ging mir mehr und mehr an die Substanz. Ich hatte zu dieser Zeit bereits schwere depressive Verstimmungen, die mich lahm legten, plötzlich einsetzende Ängste vor Menschen oder Situationen, die ich nicht zu bewältigen glaubte. Ich litt unter Schlaflosigkeit und unter dem ständigen, peinigenden Gefühl, schuldig zu sein und keinen Wert zu haben. Die Spannungen lösten sich abends in heftigen Weinkrämpfen auf, die mich für den ganzen nächsten Tag arbeitsunfähig machten.

Ich hatte Angst vor den Leuten. Angst vor ihren Unfreundlichkeiten, Angst davor, dass sie mir, besonders wenn ich erschöpft und angeschlagen war, mit irgendwelchen Impertinenzen lästig fielen. Denn ich schlief nachts so schlecht, dass ich mich tagsüber müde, schwach und mitgenommen fühlte.

Ich wohnte damals allein in dieser Zimmer-Küche-Wohnung an der Hütteldorfer Straße, einer lärmenden Durchzugsstraße, durch die auch die Straßenbahn bimmelte. Manchmal hörte ich nach Mitternacht, während ich vergeblich auf Schlaf wartete, die letzte Straßenbahn vorbeifahren. Und lag so lange wach, bis ich um fünf Uhr morgens bereits wieder die erste Straßenbahn des Tages vorbeifahren hörte.

Jeder, der Schlaflosigkeit kennt, wird mir bestätigen, dass Arbeiten im unausgeschlafenen Zustand den Menschen gereizt und nervös macht. Ich fühlte mich rastlos, und ich hasste mich selbst. Unerfreuliche Begebenheiten mit Lesern oder mit verständnislosen Kolleginnen hingen mir so lange nach, dass es mich zermürbte. Ich hatte nicht die Kraft zu arbeiten.

Dennoch musste ich. Ich hatte mir diesen Beruf gewünscht. Es war unsagbar schwer, und manchmal dachte ich an Selbstmord. Aber noch war ich so sehr Zeugin Jehovas, dass ich wusste, wie unmöglich vor Jehova eine solche Lösung der Dinge schien. Ich musste durchhalten. Vielleicht würde es mir bald besser gehen.

Ich hatte begonnen, in meiner Freizeit ein wenig mit Max zu musizieren. Er spielte Geige, ich spielte Klavier. Das waren glückliche Momente, die einzigen, die uns Kraft gaben. Die uns das Gefühl vermittelten, psychisch gesund zu sein, nicht krank, erschöpft und wertlos. Wir spielten ein, zwei Stücke und konnten uns anschließend ganz entspannt miteinander unterhalten, so als wären wir gesund. Als wären wir wertvolle Menschen.

Aber immer öfter gerieten wir miteinander in eine Sackgasse. Wir hatten Probleme miteinander und mit dem Leben, ich weinte dann, er verstummte und wurde ganz starr und fremd.

Wir konnten einander nicht helfen. Wir taten einander nicht einmal gut. Nicht in unserer Lebensweise, die angespannt und unnatürlich war. Er hatte Selbstmordgedanken und steckte mich damit an, und außerdem litten wir alle beide unter anhaltenden Schlafstörungen.

Max wollte mir immer Tabletten geben, aber ich traute mich nicht sie zu schlucken, außer Valium, das mir mein Hausarzt verschrieb. Max nötigte mich beinahe, mehr davon zu nehmen. In seinen Augen halfen sie nur, wenn man eine bereits lebensgefährliche Menge davon einnahm. Seine eigene Sucht auf viele dieser Tabletten war natürlich krankhaft, und ich wollte nicht so werden wie er, wenn es sich vermeiden ließ.

Ich empfand Max immer mehr als niederdrückend. Er wirkte ungesund auf mich. Wenn ich mit ihm spazieren ging, redete er kein Wort, sondern trottete in sich gekehrt neben mir dahin. Er sprach oft vom Tod. Er erklärte mir, obwohl ich gar nicht daran interessiert war, sieben oder acht verschiedene Selbstmordmethoden. Er persönlich würde das Einspritzen von Luft in die Vene bevorzugen, denn es war sauber und schnell. Aber er fügte hinzu: „Das ist allerdings ein grässlicher Tod.".

In meinen Augen war jeder Tod grässlich. Auf diese Art wollte ich nicht weiter mit ihm reden. Noch lebte ich im Grunde gern. Zwar fühlte ich mich schlecht, und quälende Unwertgefühle machten mich Tag für Tag ganz zerschlagen. Aber ich war noch jung, es lag noch so viel vor mir. Ein ganzes Erwachsenenleben.

Ich hatte Freude am Klavierspielen, am Lesen und Schreiben, Freude an der schönen Natur, in der ich spazieren ging, am Sonnenschein, an meinem Kaninchen, an den Kleidern, die ich mir kaufte.

Ich war zart und zerbrechlich wie Glas. Die Welt war zu hart für mich. Aber ich fühlte irgendwo tief in mir vergraben eine Quelle von unbesiegbarer Kraft. Diese Kraft ließ mich hoffen, dass ich das Leben genießen würde. Es war nicht unmöglich. Ich hoffte, hoffte so sehr, dass ich spüren konnte, wie allein diese Hoffnung mich schon stark und zuversichtlich machte.

War ich dann wieder mit Max beisammen, so fiel jede Hoffnung in sich zusammen wie ein Kartenhaus. Er war düster, melancholisch, gereizt. Er sprach vom gemeinsamen Selbstmord. Aber dann strich er mir durchs Haar und sagte, wie glücklich er sei, seit er mich als Freundin hatte.

Es war ein Wechselbad der Gefühle. Bald war er düster, umwölkt, schwer suizidal und im nächsten Moment nannte er mich sein großes Glück und redete von Heirat. Ich wurde ganz zermürbt davon.

So eine Beziehung hatte ich mir nicht gewünscht. Ich hatte mir gewünscht, gestärkt zu werden und beruhigt. Stattdessen zog er mich nieder. War es das wert?

Seine Mutter wäre so froh gewesen, wenn sie ihn an mich hätte abgeben können. Er erzählte mir, dass sie uns eine Wohnung kaufen würde, wenn wir heirateten. Ich sagte kein Wort, dachte nur bei mir: Da müsste ich ja verrückt sein, dass ich dich heiraten würde. Ich mochte ihn noch immer irgendwie, nur wurde der destruktive Anteil an unserer Beziehung immer stärker.

19.

Inzwischen hatte ich für mich Hilfe gefunden. Zumindest bahnte sich etwas an. Meine Eltern waren tatsächlich bei besagter Dr. Uller gewesen und hatten ihr eine verwirrende und unklare Beschreibung ihrer Schwierigkeiten geliefert. Dr.Uller war klug genug, sich noch nähere Beschreibungen von diesen Eheproblemen geben zu lassen, und zwar aus der Sicht Dritter. Also rief sie meinen Bruder Bernd an und danach mich, ob wir mit ihr über unsere Eltern sprechen wollten.

Ich wollte das sogar ausgesprochen gern. Endlich würde ich mit einer Psychiaterin sprechen, einer Person, die mir vielleicht helfen würde.

Mir war selbst nicht so klar, was eigentlich zwischen meinen Eltern ständig schief ging, aber ich konnte beschreiben, wie heftig sie miteinander kämpften und wie es mir selber mit all dem ging. Wie meine Kindheit gewesen war. Und vielleicht würde die Ärztin sich um mich kümmern. Sie musste doch Erfahrung haben mit Menschen aus destruktiven Elternhäusern.

Es wurde ein recht ergiebiges Gespräch. Ich erzählte ihr alles, was ich über das Zusammenleben meiner Eltern wusste, gab ihr tieferen Einblick und beschrieb sowohl Vater als auch Mutter ganz genau so, wie ich sie erlebt hatte. Ich erwähnte immer wieder die zerstörerischen Auswirkungen der Ehe meiner Eltern auf mich. Sie machte sich Notizen und nickte hie und da. Nach ungefähr einer Stunde bedankte sie sich bei mir, reichte mir die Hand und sagte lächelnd: „Kommen Sie das nächste Mal wegen Ihrer eigenen Probleme zu mir!".

Aber ich traute mich dann lange nicht.

Mittlerweile war der Sommer gekommen, und ich ging zum letzten Mal zum großen Kongress der Zeugen. Ich hatte eigentlich nicht vorgehabt hinzugehen, und nicht einmal Paula und Erhard drangen deswegen in mich. Seltsam, dass es mich dann doch widerstrebend hinzog - mit Max zusammen, der seiner Familie zuliebe hinging. Aber ich hatte nicht vor, wie früher mitzumachen.

Wir blieben ganz am Rand. Wir gingen einmal langsam um das Stadion herum, blickten von außen her auf das fröhliche und pseudo-paradiesische Treiben unserer ehemaligen Glaubensbrüder, und wir hatten nur die eine Angst: ein bekanntes Gesicht zu entdecken, jemanden zu treffen, der uns von früher kannte.

Widerstrebend setzten wir uns ganz hinten in die Reihe und folgten dem ersten Vortrag. Er war natürlich so, wie sie alle im Grunde waren, nämlich schwere Schuldgefühle machend, strafend, belehrend, zurechtweisend.

Das war mittlerweile unerträglich geworden für mich.

Wir hörten den Vortrag nicht einmal zur Hälfte an, dann flüchteten wir und waren froh, unseren Tag in der gemütlichen, kühlen Wohnung verbringen zu können.

Mit Max wurde es danach immer schlimmer. Es wurde langsam unerträglich. Er war nervös, depressiv, suizidal, und er konnte weder in der Wohnung sitzen noch nach draußen gehen. Seine Gereiztheit und seine offensichtliche Abhängigkeit von mir gingen mir immer mehr auf die Nerven.

An einem heißen Nachmittag arbeitete ich wie immer in der Bücherei. Ich fuhr mit meinem Rad zur Arbeit, ich brauchte nur eine Viertelstunde, und es gab einen Fahrrad-Abstellraum. Ich fühlte mich an diesem Tag ganz gut bei der Arbeit und ahnte nichts Böses, als Max aufgeregt und stark verdüstert zur Tür hereinkam. Er ging auf mich zu und schnaufte, dass er es bei seiner Mutter nicht mehr aushalte, ich möge ihm die Schlüssel geben und er würde in meiner Wohnung auf mich warten.

Verdattert reichte ich ihm die Schlüssel und bedachte nicht, dass auch der Schlüssel von meinem Fahrradschloss mit darauf hing. Als ich zwei Stunden später erhitzt und ausgelaugt heimfahren wollte, stellte ich fest, dass ich meinen Schlüssel ja nicht hatte.

Ärger kam in mir auf. Da hatte ich gearbeitet in Hitze, Stress und Anspannung, er aber war in der kühlen, angenehmen Wohnung gesessen und hatte sich´s gut gehen lassen und hatte mir auch noch meinen Schlüssel weggenommen, den ich dringend für mein Fahrrad brauchte.

Tief verärgert nahm ich die Straßenbahn und kam eine halbe Stunde später als gewöhnlich heim. Ich war sehr schlecht auf ihn zu sprechen. Er sollte jetzt bloß nicht die Nummer vom schwer leidenden, unheilbar Depressiven abziehen, der meine Liebe braucht. Ich brauchte auch einiges. Ich war auch psychisch leidend und hatte den ganzen Tag gearbeitet. Konnte ich dann nicht verlangen, dass er wenigstens so weit auf mich Rücksicht nahm, mir meinen Fahrradschlüssel zu lassen, damit ich, erschöpft wie ich war, heimfahren konnte?

Es gab keinen richtigen, gesunden Krach, sondern ein halt- und hilfloses gegenseitiges Anschreien, Beschuldigen, Weinen, Selbstmorddrohungen, bis wir alle zwei wie die Besessenen heulend und schreiend am Boden lagen und einander umklammerten, und während das passierte, schien es mir vollkommen natürlich, dass wir beide hier und jetzt miteinander Selbstmord begehen würden.

Gott sei Dank siegte mein unbändiger Lebenswille.

Irgendwann in diesem ganzen Desaster war Max auf meinen dringenden Wunsch nach Hause gefahren und hatte mich mit meiner Verletzung alleingelassen. Ich nahm zwei Valium und fühlte, wie sich aus meiner tiefen Verwirrung und meiner Hilflosigkeit ein gesunder, starker Zorn entwickelte. Ich konnte nicht mehr, ich hatte genug. Was würde aus mir werden, wenn ich bei so einem Mann bliebe? Und außerdem hatte ich ihn ja nicht einmal geliebt.

Am nächsten Morgen rief ich bei ihm an und sagte kühl: „Ich möchte dir nur mitteilen, dass es aus ist zwischen uns. So geht es einfach nicht. Ich will nicht mehr.".

Er war furchtbar betroffen und stammelte: „Können wir nicht wenigstens Freunde bleiben?".

„Das weiß ich noch nicht", antwortete ich. „Vorläufig habe ich die Nase voll von unserer Beziehung.".

Ein paar Tage später kam seine Mutter zu mir, um Max´ Geige abzuholen. Sie blickte düster drein und sagte: „Hättest du es ihm nicht etwas sanfter sagen können?".

„Nein. Ich habe genug. Ist ja unglaublich, wie destruktiv der ist. Ich habe einen schnellen, sauberen Schnitt machen wollen. Ich habe gedacht, das tut am wenigsten weh.".

„Das tut am meisten weh", sagte sie verärgert. „Er liegt im Bett und möchte nur noch sterben.".

„Das tut mir Leid", sagte ich ohne jedes Schuldgefühl, „aber er ist mit mir auch schlecht umgegangen. Möchtest du jetzt bitte gehen?".

Als sie gegangen war, kämpften in mir Zorn und Verwirrung. Ich war so erzogen worden, dass ich auf

184

jeden Fall immer „lieb" zu sein hatte. Auf Kosten meiner eigenen Wünsche. Aber mit Max hatte es mir einfach gereicht. Ich war nicht verpflichtet, bis an mein Lebensende zu einem Mann lieb zu sein, der mich derartig herunter brachte.

Durch den Versammlungsklatsch hörte ich später, dass er ein halbes Jahr nach unserer Trennung einfach so gestorben war. Eines Morgens lag er tot in seinem Bett. Durch die unglaublich vielen Tabletten, die er ständig genommen hatte, ließ sich bei der Obduktion nicht zweifelsfrei feststellen, ob er an einer Überdosis gestorben war. Konnte sein, dass sein Körper schon so vergiftet war, dass er einfach an Schwäche dahin gestorben war, dachte ich bei mir.

Jedenfalls fühlte ich zwar eine leise Wehmut, aber keine Schuldgefühle. Ich hatte mit ihm Schluss machen müssen. Sonst wäre mein eigenes Leben vor die Hunde gegangen.

20.

Und gerade jetzt war mir am Leben gelegen, denn ich schöpfte wieder neue Hoffnung. Ich hatte mich überwunden und war zu Dr. Uller gegangen, hatte ihr von meinen Ängsten und Depressionen erzählt, von meiner Schlaflosigkeit und davon, wie meine Eltern zu mir gewesen waren. Den sexuellen Missbrauch erwähnte ich allerdings nicht. Ich schämte mich zu sehr dafür.

Ich hatte das Gefühl, mich nicht richtig ausdrücken zu können. Oder die passenden Worte nicht zu finden. Jedenfalls hörte die Ärztin nicht zu. Mir war, als sähe sie meine Schwierigkeiten gar nicht. Oder ich konnte sie nicht richtig beschreiben.

Sie tat so, als hätte ich keine wesentlichen Probleme. Einzig an meinen Schlafstörungen hakte sie sich fest. „Wenn der Schlaf nicht kommen will, müssen wir ihn erzwingen", sagte sie zu mir und verschrieb mir Truxal. „Und außerdem möchte ich, dass Sie an einer Volkshochschule das Autogene Training erlernen. Sie brauchen eine richtige Entspannungsmethode, Sie leiden unter zu starken Spannungen. - Ich gebe Ihnen einen neuen Termin. Es ist wichtig, dass Sie ab jetzt regelmäßig zu mir kommen.".

Auf der Heimfahrt war ich mir nicht sicher, ob diese Ärztin das Richtige für mich war. Sie schien mir etwas oberflächlich. Aber das Autogene Training fand ich interessant. Davon hatte ich schon gehört.

Mit der Gruppe an der Volkshochschule wurde es eine halbwegs gute Erfahrung. Gleich zu Anfang erzählte ich frei und offen von meinen psychischen Schwierigkeiten, worauf sich auch andere öffnen konnten und von ihren Problemen erzählten.

Wir lernten die Technik des Autogenen Trainings, wobei jeder ein eigenes Problem entwickelte. Die einen fühlten keine Schwere und Wärme, sondern im Gegenteil Leichtigkeit, die anderen konnten sich nicht konzentrieren oder schliefen ein dabei. Ich für mein Teil hatte Schwierigkeiten bei der Herzschlags- und

Atemübung. Ich bekam panikartige Angstanfälle. Es ging mir irgendwie nicht gut. Das autogene Training war nicht das, was ich gesucht hatte. Nach und nach stellte sich heraus, dass Autosuggestion mir grundsätzlich nicht gut tat. Bei den Zeugen war ja auch viel stumpfes, totes Wiederholen angesagt gewesen. Man redete sich etwas ein.

Es lag weder an Dr. Uller noch am Autogenen Training. Es lag an mir. Meine Schwierigkeiten bekamen eine Eigendynamik und nahmen an Heftigkeit zu. Ich war ständig ohne Antrieb, grübelte fruchtlos vor mich hin. Ich zeigte sämtliche Symptome einer schweren Depression und weinte oft lange in Erinnerung an irgendeines meiner traumatischen Kindheitserlebnisse. Tagelang blieb ich verstört.

Mir war, als könne ich so nicht leben. Als müsse ich noch einmal Kind sein und gute Eltern haben und mit Selbstachtung und Vertrauen ins Leben hineinwachsen. Ich hatte das Gefühl, in der Welt nicht Fuß fassen zu können. Ich hatte Angst. Die Zeugen konnten mir nicht helfen. Meine Eltern waren schrecklich. Und ich selbst war weit davon entfernt, mir in Eigeninitiative helfen zu können.

Bei all dem dachte ich immer noch wie als Kind an Jehova, der die Liebe war, und wollte ihn um Hilfe bitten. Aber ich spürte auch bei ihm keinen Halt. Ich hing in der Luft. Ich war ganz allein. Es gab keine „Brüder" mehr, aber sonst auch nichts. Verunsichert ging ich jeden Tag in die Bücherei arbeiten. Ich hatte große Angst. Denn in meinem Inneren gab mir nichts, absolut nichts irgendeinen Halt. Keine Freunde. Keine Interessen. Keine Religion. Nicht einmal ein stabiles eigenes Ich.

Ich durchlebte eine Krise. Alles, woran ich mich festgehalten hatte, verschwand spurlos aus meinem Leben. Ich glaubte an nichts, liebte nichts und hoffte nichts mehr. Und im Untergrund meiner Seele arbeiteten meine Eltern weiter daran, mir ständig Schuld-, Scham- und Unwertgefühle zu machen.

Wie lange diese Krise so weiterging, weiß ich nicht mehr. Ich erinnere mich aber an den erlösenden Ausbruch, der schlimm war, mich aber weiter brachte. Und wieder war mein verrücktes Elternhaus der eigentliche Faktor, der alles in Bewegung brachte.

21.

Ich sprach eines Abends am Telefon mit meiner Mutter, unterdrückte mein Bedürfnis, über meine Probleme zu sprechen und plauderte mit ihr über dies und das, und im Fortgang des Gesprächs sagte sie mir, sie könne nicht einmal zu Abend essen, denn sie hätte kein Brot zu Hause. Daraufhin stürzte mein Vater aus der Toilette, wo er gewesen war, riss den Hörer an sich und wütete, dass er ja eingekauft hätte, und zwar auch für sie, aber sie wolle ja nicht. Er sei nicht daran schuld, dass sie sein Brot nicht wolle, er sei ein anständiger Mensch!!!

Zu diesem Zeitpunkt hatte sich meine Mutter von ihm auf diese Weise geschieden, dass sie ihre Einkäufe von seinen trennte, seine Wäsche ungewaschen ließ, dass sie sich nicht mehr um sein Zimmer kümmerte und so fort. Bald würde sie es durchgesetzt haben, dass sie offiziell geschieden würden.

Aber dass mein Vater mir, die ich ohnedies so ängstlich war, einfach meine Gesprächspartnerin wegriss, um völlig paranoid in den Hörer zu toben, dass er ein guter Mensch sei, machte mich so wahnsinnig, dass ich hysterisch zu kreischen anfing und nicht mehr aufhören konnte. Ich warf den Telefonhörer hin, stürzte ins Bad und nahm zwei Valium. Zitternd und aufgelöst rannte ich in der Wohnung herum. Ich hatte das Gefühl, wahnsinnig zu werden. Das war kein Vater, das war ein Monster. Wie viel würde ich mir noch von ihm gefallen lassen müssen?

In dieser Nacht schluckte ich die ganze Zeit Valium. Wie viele, weiß ich nicht mehr. Das ganze Unglück meines Lebens tobte in mir. Dass ich nie einen Vater gehabt hatte, der mich liebte, der mich förderte und mir helfen wollte, dass ich nie eine richtige Mutter gehabt hatte, dass ich verzweifelt und verwirrt war, orientierungslos, ohne Halt und Hoffnung. Ich fand in meinem Inneren keinerlei Selbstachtung. Ich erwartete, dass jemand anderer mir geben müsse, was meine Eltern versäumt hatten. Ich weinte und schrie und schlug meinen Kopf gegen die Wand. Dazwischen schluckte ich Valium. Ich weiß nicht, wie diese Nacht vorbei gegangen ist.

Sehr früh am nächsten Morgen rief ich die psychiatrische Ambulanz im AKH an, sagte, ich würde mich umbringen, wenn es keine Hilfe gäbe, schluchzte haltlos ins Telefon und erhielt einen Termin noch an diesem Vormittag.

Ich rief in der Bücherei an und meldete mich krank. Ich war auch krank, mit tat alles weh, innen und außen, weil ich die ganze Nacht geweint hatte und mir mit den Nägeln Brust und Arme zerkratzt, mich verzweifelt gebissen und meinen Kopf gegen die Wand geschlagen hatte. Ich wollte ins Spital, nur noch ins Spital und endlich in pflegliche Hände.

Ich hatte dann ein Gespräch mit einem etwas verständnislosen Arzt. Wirr und tief verletzt erzählte ich alles über meinen Vater, meine Kindheit, sogar über den sexuellen Missbrauch. Dabei rannen mir schon wieder erschöpfte Tränen über die Wangen.

Der Arzt sagte unberührt, dass für mich eigentlich nur die verhaltenstherapeutische Abteilung in Frage käme. Und ich müsse zwei Monate lang auf meinen Aufnahmetermin warten. Bis dahin sei die Station belegt. Momentan war Ende August, er errechnete einen Termin Mitte Oktober.

Ich war einverstanden. Mir war alles recht. Ich würde ins Spital kommen, intensive Therapien würden angewendet werden. Was Verhaltenstherapie war, wusste ich nicht. Ich nahm an, es sei etwas zu mir Passendes, sonst hätte mich der Arzt nicht gerade dorthin aufgenommen. Ich sollte eine Woche vor meinem Aufnahmetermin anrufen, um ihn zu bestätigen, das Valium (für den Arzt „Medikamentenmissbrauch") weitgehend reduzieren, und er gab mir ein Rezept für ein gut wirksames Antidepressivum und ein Neuroleptikum, das mich ins Gleichgewicht bringen würde. Dann war ich entlassen.

Ich blieb vier Wochen von der Arbeit zu Hause. Ich konnte einfach nicht mehr. Wie war es möglich, nach einer solchen Kindheit ganz einfach arbeiten zu gehen wie alle anderen auch? Ich war doch so verletzt. Ich hatte doch noch nicht einmal Geborgenheit gekannt. Mir fehlte alles, was die Seele ruhig und ausgeglichen macht.

Ich suchte nach Rückhalt, aber ich fand keinen. Natürlich auch nicht in der Arbeit. Hatte nicht mein Vater selbst Arbeit immer als einen Blödsinn bezeichnet? Blöd fand ich die Bücherei zwar nicht, aber ich konnte dort nicht arbeiten, mir fehlte zu viel, mir fehlte alles.

Ich hatte nicht den geringsten Halt an mir selbst. Mir fehlte das Vertrauen in die Welt. Unruhig, aufgeregt, verzweifelt fristete ich mein Dasein. Es war so ungerecht. Da waren so viele Menschen, die gern am Leben waren. Die arbeiten konnten und noch Selbstwert daraus bezogen. Die Ruhigen, Starken, Ausgeglichenen. Und was war dagegen ich?

Ein Wrack war ich. Ich hasste mich selbst.

Aber Hilfe war nicht mehr fern. Zwei Monate noch musste ich durchhalten, dann würde ich im Krankenhaus sein. Eine bessere Therapeutin als Dr. Uller würde sich um mich kümmern. Es würde Gruppentherapien geben, Untersuchungen, ich würde ganz neu und selbstverständlich hervorragend auf Medikamente eingestellt werden. Danach würde ich leben können. Ich würde vielleicht geheilt sein.

Leider, und das wusste ich noch nicht, würde nichts von all dem zutreffen. Ich wurde nicht geheilt. Ich bekam Medikamente, die nicht wirkten oder zu viele Nebenwirkungen hatten. Ich fand noch nicht einmal eine bessere Therapeutin. Aber dennoch: Der Aufenthalt im AKH brachte mich wieder ein Stück weiter. Wenn auch anders als gedacht…

22.

Es kam der Oktober. Ich wartete sehnsüchtig die letzten paar Tage auf meinen Spitalsaufenthalt. Während einiger Wochen hatte ich wieder in der Bücherei gearbeitet. Aber ich war unkonzentriert gewesen, ständig mit mir selbst beschäftigt. Dauernd dachte ich darüber nach, ob sich endlich etwas ändern würde in meinem Leben. Ich hoffte darauf, aber ich hatte auch Angst davor. Zu vieles stand auf dem Spiel.

Dann war es soweit. Montag, der 24. Oktober - mein Aufnahmetermin – war gekommen. Ich wurde eingewiesen in mein Zimmer, ein Vierbettzimmer, das mich anfangs unsicher machte. Ich wusste nicht, wer bei mir im Zimmer liegen würde – etwa eine vollkommen Wahnsinnige?. Aber ich merkte bald, dass ich keine Angst zu haben brauchte. Die anderen Frauen waren so wie ich: ganz normale Menschen, gepflegt, alltäglich, ebenso freundlich und nett wie ich selbst. Und sie hatten ganz verschiedene Probleme.

Die Palette reichte von Zwängen, wie z.B. der quälende Kontrollzwang dieser Rothaarigen in meinem Zimmer, Isabella, die mir erzählte, dass sie fortwährend kontrollieren müsse, ob sie ihren Schlüssel oder ihr Portmonee eingesteckt hatte oder ob sie das Gas abgedreht hatte und dergleichen - über Kleptomanie, für die sich die Betroffene entsetzlich schämte, bis zu Phobien wie diejenige der vierzigjährigen Martina, die derartige Angst vor dem Tod hatte (oder eben vor dem Gestorbensein), dass ihr Leben beträchtlich davon eingeschränkt wurde. Depressive aller Art gab es auf der Station, wir redeten viel miteinander. Mit manchen verstand ich mich gut. Es waren auch Männer auf der Station, und ich wunderte mich heimlich, dass diese auch so wie ich unter Selbstwertproblemen litten, groß, stattlich und überaus männlich, wie sie wirkten. Ich fühlte mich im Grunde wohl mit meinen Mitpatienten.

Dann lernte ich meine Therapeutin kennen. Sie hieß Ursula Winter, eine Mittdreißigerin, die mir weder unsympathisch noch sympathisch war. Sie war weder dünn noch dick, hatte schwarzes schulterlanges Haar, das in der Mitte gescheitelt war. Ihr Gesicht war sehr gewöhnlich, ihr Lächeln eine Spur zu aufgesetzt. Das Dumme war, dass sie (genau wie die anderen Therapeuten) nicht über ein eigenes Behandlungszimmer verfügte, so dass wir im Aufenthaltsraum unsere Sitzungen abhalten mussten, mitten unter all den anderen Patienten.

Gleich zu Anfang reichte sie mir einen Zettel, auf dem vorgedruckt war, wie ich über jeden einzelnen Tag Buch zu führen hatte, was am Tag gut, was schlecht gewesen war, was ich besser machen hätte können und was ich gelernt hatte, auch musste ich eine Nummer eintragen für die Tagesverfassung, von eins (sehr gut) bis zehn (ganz, ganz schlecht).

Ich schaute den Vordruck verwirrt an. Ich hatte gedacht, dass ich mit meiner Therapeutin über meine Kindheit sprechen würde. Das wäre mir sinnvoll erschienen. Wenn schon Tagebuch, warum durfte ich dann nicht Tagebuch führen, wie ich es gewohnt war? Wieso diese Zwänge? Brauchte das die Therapeutin? Wenn ja, wie gut konnte sie für mich sein? Ich war irritiert, füllte aber fortan jeden Tag brav meinen Zettel aus. Und Dr. Winter besprach ihn dann eingehend mit mir.

Wir kamen uns lange nicht näher. Ich hatte den Verdacht, dass sie gar nicht gern mit mir arbeitete. Es entstand keine Beziehung zwischen uns. Ich versuchte zwar, sie sympathisch zu finden. Aber Tatsache war, dass sie knochentrocken und sehr routiniert mit mir umging, ohne einen Funken Zuneigung und ohne jedes Engagement. Ich fühlte mich nicht sonderlich wohl mit ihr.

Die Gruppentherapien gefielen mir besser. Morgens hatten wir Gymnastik, dann Visite, dann ein Gespräch mit unseren jeweiligen Therapeuten. Die Gruppen waren meist am frühen Nachmittag angesetzt.

Sie waren interessant. Es gab z.B. die „Konzentrative Bewegungstherapie", bei der wir Übungen im Berühren, in der Nähe zu anderen machten. Wir übten, wie wir nonverbal Wünsche, Ängste und Bedürfnisse ausdrücken konnten. Oder wir machten eine Therapie, bei der wir tanzten und mit den Füßen aggressiv auf unsere Matten stampften, das löste uns alle und stimmte uns beinahe fröhlich.

Und dann war da die Gruppe, bei der ich „Petzi" kennen lernte. Er trug diesen Spitznamen, weil er solch ein Teddybärengesicht hatte mit runden Augen, weichen Zügen und einer Knopfnase. Leider war er aber ein großer Angeber, das hatte ich bereits verschiedentlich bemerkt. Alles, was ihn betraf, musste allerhöchste Spitze sein: sein Auto, seine Wohnung, seine Tochter, sein Fahrrad, die Lokale, in denen er verkehrte, dass er Heimorgeln baute, alles was er besaß, alles was er tat und dachte musste stets das Allergrößte sein.

Heute denke ich, dass er wohl unter einem tiefen Minderwertigkeitskomplex gelitten haben muss, denn er plusterte sich unverhältnismäßig auf und machte sich dabei eher lächerlich als sympathisch. Ich hatte noch nicht viel mit ihm gesprochen, kannte ihn eigentlich nicht. Wir hatten uns nur so beiläufig gesehen beim Essen und Fernsehen im Tagraum. Es war an jenem Tag das erste Mal, dass wir uns beide in derselben Therapiegruppe befanden.

Nun standen wir alle im Kreis, ein Kreis innen, ein Kreis außen, die Gesichter einander zugewandt. So sollten wir einander in die Augen schauen, weiterrücken, dem Nächsten in die Augen schauen und so fort, bis jeder jedem einmal in die Augen geschaut hatte.

Es war erstaunlich, wie viel an Emotion dabei hochkam. Da war der Blick einer älteren Frau, den ich offen und sympathisch fand, aber ein bisschen niedergedrückt. Dann war da der Mann, dessen Augen wie Schlangenhaut waren, und ich fühlte ein leises Erschrecken bei seinem Anblick. Bei dem sehr jungen, verkorksten Mann, der mir schon aufgefallen war, fing ich unmotiviert zu lachen an, weil es mich nervös machte, wie misstrauisch er mich anschaute. Und dann war da Petzi mit seinen Plüschaugen.

Er schaute weich und ein wenig zwinkernd in meine Augen, und ich fühlte Ruhe in mir. Ich hatte das Gefühl, bei diesem Mann wäre Geborgenheit zu finden und eine große Zärtlichkeit. Trotzdem verachtete ich ihn ein bisschen wegen seiner Angeberei, und außerdem hatte er einen Bierbauch. Und alt war er schon, mindestens fünfundvierzig. Aber das ging mich ja eigentlich nichts an.

Anschließend besprachen wir in der Gruppe, was wir gesehen und dabei gefühlt hatten. Mehrere sagten ganz begeistert, in den Augen von Frau Schmaldienst (also in meinen) hätte so viel Hoffnung gelegen, so viel Zuversicht, es sei ein unglaublich offener Blick gewesen. Über den Mann mit den Schlangenaugen sagten viele, sie hätten Furcht empfunden. Ich erwähnte, wobei ich an den Blick von Petzi dachte, dass man versuche, sich gegenseitig Vertrauen einzuflößen, wenn man sich in die Augen sah. Und Petzi sagte über mich, ich hätte die Augen eines Rehs. Und da stand auch schon der Name im Raum, den er mir in unserer sich anbahnenden Beziehung geben würde: „Bambi".

Ich hatte nicht vor, schon wieder eine Beziehung einzugehen, ohne den betreffenden Mann zu lieben. Denn Petzi erwies sich als wahre Nervensäge. Ständig prahlte er mit seinen Hobbys, seinem Auto, seinem guten Musikgeschmack und mit allem, was ihn selbst betraf oder um ihn her war. Das ging mir ziemlich auf den Wecker.

Aber er hatte sich bereits in mich verliebt. Er zwinkerte mir zu mit seinem Teddybärenblick, holte mir Kaffee, zeigte mir Fotos und war ständig in meiner Nähe, ständig bereit, es mir angenehm zu machen.

Ich litt noch immer unter Depressionen, war noch immer nicht warm geworden mit der Therapeutin, ich fühlte mich ungeborgen, nervös und leidend in diesem Krankenhaus. Ich war gar nicht in der Stimmung, mich zu verlieben. Schon gar nicht in Petzi, dessen richtiger Name nicht zu ihm passte.

Aber ich hatte ja „lieb" zu sein. Außerdem wünschte ich mir tatsächlich, dass mich jemand richtig lieb hätte. Warum also nicht Petzi? War es wirklich so schlimm, dass er ein Angeber war? Hatte er nicht auch ganz wunderbare Seiten? Zum Beispiel war er fürsorglich. Er war ständig bemüht, es mir bequem zu machen. Er tat alles Mögliche für mich, brachte mir Kaffee, schenkte mir Zeitschriften, setzte sich beim Essen zu mir und war aufmerksam. Es war ihm wichtig, dass ich mich wohl fühlte neben ihm. Aus Dankbarkeit verzieh ich ihm die ewige Angeberei, den Bierbauch und seine Naivität in Bezug auf seine Krankheit. Denn er verleugnete völlig, dass mit ihm psychisch irgendetwas nicht in Ordnung war.

Er sagte immer, das Ganze ginge einzig und allein von seinem Nacken aus. Von seinem Zervikal-Syndrom. Deswegen allein war ihm dauernd schwindlig, hatte er Angst zu stürzen, Angst vor der Rampe am Aufgang zur Psychiatrie, Angst vor Brücken und Angst beim Einkaufen, wenn eine lange Warteschlange vor der Kassa stand und er fürchtete, zu Boden zu stürzen. Sein Leben war schon ganz eingeengt durch seine Ängste. Er war schon lange nicht mehr arbeitsfähig (er war Installateur), auch wenn seine Kollegen ihn deswegen ausspotteten und Weichei nannten. Sie fanden, ein wenig Nackenschmerzen waren kein Grund, sich derartig lange vor der Arbeit zu drücken.

Ich hatte eine andere Erklärung. Ich dachte, ich sei psychisch krank, weil meine Eltern nicht wie gesunde Eltern gewesen waren, mich nicht geachtet, geliebt und geführt hatten. Weil sie nicht gesehen hatten, was für ein Mensch ich war und mich nicht in meinem Selbstwert bestärkt hatten, sondern im Gegenteil alles an mir schlecht und verwerflich gemacht hatten. Ich war krank, weil ich zu offen gewesen war und feinfühlig und außerdem noch völlig abhängig von ihnen.

23.

Es war seltsam und mir selbst heute nicht mehr verständlich, aber dennoch hoffte ich noch immer, bei meinen Glaubensbrüdern echte Liebe zu finden. Sie sagten, Gott ist die Liebe. Aber sie selber liebten überhaupt nicht. Alles, was für sie wichtig war, war das Predigen.

Natürlich waren ihnen Bibelstellen vertraut wie 1.Kor.13,1-7, wo Paulus seine schönen und bekannten Worte über die Liebe schreibt. Aber sie meinten nicht eigentlich Liebe, sie meinten Liebe zum Predigtdienst. „Denn aus der Fülle des Herzens redet der Mund" sagt Jesus nach Mat.12,34. Sie meinten, dass die wahre Nächstenliebe einzig und allein darin bestand, von der Guten Botschaft zu erzählen.

Das war natürlich unlogisch. Wir merkten ja, dass wir die Menschen nicht liebten, sondern sie belästigten. Echte Liebe ist etwas ganz anderes. Sie ist hilfreich auf eine ganz andere Art, als die Zeugen glauben. Aber ich hatte so lange Zeit mit den Zeugen verbracht, hatte so vieles mit ihnen erlebt und empfunden, war von ihnen entscheidend geprägt worden und hoffte von daher noch immer auf Liebe. Ich hoffte, es gäbe ein Heilwerden in Christus, aber für die Zeugen war das gar kein Begriff. Sie wollten die Welt nicht heil machen, sie predigten den „Krieg Gottes". Und die Heilung eines einzelnen unglücklichen Menschen war ihnen überhaupt nicht wichtig. Sie sahen nur das Ganze. Und die Vergeltung durch Jehova.

Aber über all das konnte ich nicht vernünftig mit Petzi sprechen. Er war nicht nur ein Prahlhans, sondern auch ziemlich einfältig. Größere Zusammenhänge begriff er nicht. Er wollte gar nicht wissen, wie seine Eltern mit ihm umgegangen sind. Es schien ihm nicht wichtig. Seine Mutter liebte er über alles, und von ihr erzählte er viel Gutes. Aber von seinem Vater sprach er fast überhaupt nicht. Manchmal machte er Andeutungen darüber, dass er verprügelt worden war. Aber gleich darauf spottete er selbst darüber. Was mit ihm als Kind geschehen war, das nahm er nicht ernst. Nur das Zervikal-Syndrom nahm er ernst. Mit dem war nicht zu spaßen.

Aber seine Ängste waren ärger. Und meine Depressionen. Was war schon ein körperliches Symptom im Vergleich zu einer psychischen Krankheit? Was war das im Vergleich zu diesen schweren Verstimmungszuständen, die man nicht besiegen konnte, egal was man tat? Gegen das Empfinden, wertlos, kaputt, der letzte Dreck zu sein? Immer nervös, leer, gereizt, beinahe wahnsinnig zu sein, müde ohne ausruhen zu können, unruhig und getrieben trotz tiefer Ermattung. Depressionen sind ein Hammer. Du fühlst dich wie eine Verrückte. Nichts ist mehr normal. Du bist gereizt und verzweifelt. In anderen Momenten bist du zaghaft, ängstlich, ohne jeden positiven Antrieb. Du beschimpfst dich, fühlst dich schuldig, weil du nicht arbeiten kannst. Und wie weh kann es tun, wenn die eigenen Verwandten und Bekannten dich nicht verstehen. Wenn sie psychisches Leiden nicht als Krankheit sehen können. Sie glauben, man stelle sich nur so an, weil man nicht arbeiten wolle. Oder man sei depressiv, weil dann die anderen lieb zu einem sein müssen. Solche Ansichten gibt es wie Sand am Meer. Aber für den Leidenden sind sie katastrophal. Sie sind ein unglaublicher Schmerz. Ausweglosigkeit bis zum Todeswunsch ist die Folge.

Je länger ich mit dieser Verhaltenstherapeutin arbeitete, desto weniger fühlte ich mich von ihr verstanden. Sie war mit mir nicht einfühlsamer als mit irgendjemandem auf der Straße. Bekam ich seelische Schmerzen während des Gesprächs und kämpfte mit den Tränen, nickte sie nur und sagte: „Harte Bandagen". Sie begriff nicht, was mich quälte. Wie sehr ich unter dem Gefühl litt, keinen Wert als Mensch zu haben. Wie schwer das Leben auf diese Weise war.

Meine Hoffnung war dahin. Irgendwie hatte ich mich darauf verlassen, hier im Krankenhaus geheilt zu werden. Oder wenigstens Orientierung zu finden. Aber da war nichts. Nicht der kleinste Funke von Verständnis. Ich wurde immer depressiver, immer weniger dazu fähig, mit meinen Stimmungen fertig zu werden.

Zu Anfang meiner fünften Krankenhauswoche saß ich wie gewohnt mit meiner Therapeutin in unserem Zimmer. Ich war sehr hoffnungslos und sagte das auch. Auf einmal wurde sie so zornig, dass sie mit der flachen Hand auf den Tisch schlug und mich anschrie: „Jetzt hören Sie schon auf mit dem Blödsinn!".

Ich erschrak furchtbar. Ich wusste nicht, was ich falsch gemacht hatte. Tief erschüttert brach ich in Tränen aus. Sie purzelten über meine Wangen, ich konnte nichts dagegen tun.

Warum war sie so böse auf mich? Ich hatte gedacht, sie wolle mir helfen! Was geschah schon wieder mit mir? Sie schrie mich unvermittelt an – ich spürte, wie ich innerlich zerbrach. Ich hatte gar nichts selbst in der Hand.

Bis ins Innerste getroffen, weinte ich nun jedes Mal erschüttert, wenn ich sie nur ansah. Ich war fahrig und nervös, konnte mich auf nichts konzentrieren. Ich hatte schreckliche Tage.

Sie war erbarmungslos. Sie wollte, dass ihre Therapie etwas bewirkte. Aber dieses dumme Stück (nämlich ich) wollte ja nicht richtig reagieren. Wollte sich nicht ändern. Verdammt noch mal! Wo sie es doch so nötig hatte, einen Erfolg verzeichnen zu können!

Nun war der Karren endgültig verfahren. Ich versuchte mich selbst zu verstehen, sie wollte mich erbarmungslos weitertreiben. Ich wurde noch ängstlicher ihr gegenüber, sie wurde noch wütender. Ich wusste nicht, wie ich dieses Durcheinander beseitigen sollte. Und da war kein Mensch, mit dem ich darüber reden konnte.

Doch, ein Mensch war da: Petzi. Er zwinkerte mir verständnisvoll zu mit seinen Plüschaugen. Zwar begriff er auch nicht, was zwischen mir und meiner Therapeutin schief gegangen war, und er wusste keinen Rat, umsorgte mich aber noch liebevoller als zuvor. In all meinem Elend tat mir das gut.

Die seelische Wunde heilte nur schlecht. Aber Petzi gab mir Halt. Aus unserer vagen Sympathie war echtes Vertrauen geworden. Und von seiner Seite aus Verliebtheit. Die ich eigentlich nicht wollte. Die ich aber hinnahm, weil ich einen Menschen brauchte, der mich liebte und verstand.

Am Tag, nachdem mich die Therapeutin angeschrieen hatte, war meine Mutter mich besuchen gekommen. Ich wusste, es war ein großes Opfer für sie, ihre Tochter nicht nur im Krankenhaus (was schlimm genug gewesen wäre), sondern auch noch in der Psychiatrie zu besuchen.

Aber ich war völlig durchgeschüttelt vom Ausbruch der Therapeutin, hatte Angst, ein tiefes Gefühl der Unsicherheit und wusste dennoch, dass ich abhängig von dieser Therapie, vom Krankenhaus war – ein Gefühlswirrwarr, über den ich mit meiner Mutter niemals sprechen würde können, so dass ich mich gegen meine Mutter sträubte, nicht dankbar war für ihren Besuch.

In ihrer typischen Selbstbezogenheit wurde sie ganz verwirrt durch mein Verhalten und infolgedessen böse auf mich. Ich konnte es nicht verhindern. Wie sehr hätte ich jetzt eine Mutter gebraucht, die mir Liebe und Halt hätte geben können. Die mir die Grausamkeit der Therapeutin hätte erklären können und mir klar machen hätte können, dass diese Person lieblos war, weil sie nichts für mich empfand. Weil sie mich überhaupt nicht kannte. Weil sie nicht wirklich helfen wollte, sondern nur ihren eigenen Erfolg im Auge hatte.

Aber meine Mutter war weit davon entfernt. Es war nichts anderes von ihr zu erwarten als eine gekränkte Miene, weil ich ihr nicht dankbar um den Hals gefallen war, und eben ihre Ichbezogenheit, die sie nur sich selber sehen ließ und über sich selbst hinaus gar nichts, auch nicht die Nöte der eigenen Tochter.

Sie war eben keine wirkliche Mutter. Ich hatte ja nie eine solche besessen. Jetzt aber kam dieses spezielle Elend mich ganz besonders hart an. „Harte Bandagen", hätte meine Therapeutin gesagt und mich kalt angelächelt. Ich war krank und verzweifelt und hasste all die Lieblosigkeit und Kälte um mich her.

Wütend und verletzt ging meine Mutter weg, verletzt und außer mir rannte ich in mein Zimmer und legte mich schluchzend ins Bett. Wie immer hatte sie mich nicht verstanden. Und das ertrug ich nicht mehr.

Noch immer in leidendem Zustand ging ich abends in den Aufenthaltsraum und fand dort den gutmütigen Petzi vor mit seinem weichen Augenzwinkern.

Ich war sehr bleich und verweint und erzählte ihm von meiner Therapeutin und meiner lieblosen Mutter, wobei ich mich schnell fing und wieder Hoffnung schöpfte, weil ich spürte, dass da jemand war, der mich liebte, mir aus Liebe zuhörte, der mich tröstete und verstand. Meine Zuneigung wuchs mit jeder Minute.

203

Und als ich – in keiner Weise irgendwie geheilt – in den nächsten Tagen um meine Entlassung aus dem Krankenhaus bat, war es zwischen Petzi und mir völlig klar, dass wir zusammen bleiben würden. Allerdings merkte ich bald, dass mir irgendetwas fehlte zu einer problemlosen Beziehung.

Petzi zog mich erotisch überhaupt nicht an. Er war zwanzig Jahre älter als ich und kam mir reichlich beschränkt vor. Er las nichts, er rauchte Zigaretten und schaute fern. Er war ein Angeber. Er hatte keine wie immer gearteten geistigen Ambitionen. Und sein Zervikal-Syndrom hinderte ihn daran, arbeiten zu gehen.

Um aber Petzi den ganzen Tag um mich zu haben, war ich nicht verliebt genug. Darum sagte ich ihm von Anfang an, unsere Beziehung würde enden, sowie ich nur gesund genug zum Alleinsein wäre. Denn von meiner Seite her gab es keine Verliebtheit. Ich hatte nur das Problem, dass ich nicht allein sein konnte.

Und Petzi war also jemand, der mir meine Angst vor Einsamkeit nehmen konnte. Er liebte mich und hatte seit seiner Scheidung selbst Probleme mit dem Alleinsein. Es war eine Zweckgemeinschaft, aber eine liebevolle. Wir erfüllten einer des anderen Wunsch nach Zweisamkeit, Liebe, Rücksicht und nach einem festen Halt im Leben. Wenn ich von mir aus ihn nicht lieben konnte, so hatte ich doch Achtung vor seiner Liebe. Wir durften auch beide krank sein, es war kein Problem.

Der Erfolg gab uns recht: Wir verlebten in der Folge einige harmonische und friedliche Jahre miteinander in Einträchtigkeit und gegenseitiger Achtung. Dennoch hielt unsere Beziehung nicht für das ganze Leben. Dazu waren wir zu verschieden.

Ich wollte bald nach meinem Krankenhausaufenthalt wieder in der Bücherei arbeiten. Ich war nicht mehr ganz so depressiv, dafür hatte sich eine Klaustrophobie entwickelt und ich bekam in der Straßenbahn Angstanfälle mit Herzklopfen und Atemnot. Meine Schlaflosigkeit kehrte zurück und ich hatte von meinem neuen Antidepressivum zwölf Kilo zugenommen. Alles keine angenehmen Angelegenheiten.

Aber ich liebte meinen Job und wollte ihn genau so ausüben wie vorher. Nun hatte ich ja außerdem Petzi. Er würde im Hintergrund eine feste Stütze für mich sein. Ich würde nicht allein sein, sondern wenn ich von der Arbeit heim kam, würde ich liebevoll empfangen werden. Und er war nicht wie Max, er würde mir nicht meinen Schlüssel wegnehmen, sondern im Gegenteil, für mich da sein und mir ein warmes Abendessen kochen. Er würde mich im Auto zu meinen Arztterminen fahren, er würde mich zum Essen ausführen und mit mir sogar Weihnachten und Geburtstag feiern. Er hatte mir viel zu bieten, und mein Herz quoll über vor Dankbarkeit, wenn ich an ihn dachte.

Wir richteten meine Zimmer-Küche-Wohnung so ein, dass er mit mir darin wohnen konnte. Wir stellten zu Anfang ein Feldbett auf, später kauften wir eine ausziehbare Doppelbank. Petzi baute eine Dusche ein. Wir tapezierten und kauften neue Vorhänge. Als alles fertig war, hatten wir es trotz der leichten Enge gemütlich. Und meine Dankbarkeit diesem Mann gegenüber stieg immer mehr und ließ mich alle seine Unzulänglichkeiten vergessen.

24.

In der Zwischenzeit war aber etwas passiert, mit dem ich nie gerechnet hätte: die Zeugen Jehovas hatten mir nachspioniert.

Ich nannte das so. In Wirklichkeit hatte schwesterliche Sorge eine der jungen Frauen aus unserer früheren Clique an meine Wohnungstür getrieben, wo sie unterhalb meines Namens zu ihrem Befremden einen zweiten Namen fand (nämlich Petzis). Beunruhigt war sie zu Gernot Thurn gegangen. Sie mache sich Sorgen, ich sei doch ohnedies labil und schon lange nicht mehr in der Versammlung gewesen, und nun dieser zweite Name…

Thurn war genau der Richtige, sich einer solchen Sache anzunehmen. Hatte er sich´s doch gedacht: diese junge Frau (in dem Fall ich) besaß keine Skrupel und war so unbotmäßig, unverheiratet mit einem Mann zusammenzuleben. Er hatte es ja schon lange vorher bemerkt: die war keine treue und unterwürfige Zeugin, die würde fremde Wege gehen.

Sie würde bereuen müssen und umkehren, andernfalls musste man sie ausschließen. Wie Paulus in 1.Kor.5,11-13 sagt: „Nun aber schreibe ich euch, keinen Umgang mehr mit jemandem zu haben, der Bruder genannt wird, wenn er ein Hurer oder ein Habgieriger oder ein

Götzendiener ...ist, selbst nicht mit einem solchen zu essen. ... Entfernt den bösen Menschen aus eurer Mitte.".

Gernot Thurns rascher und wacher Verstand überlegte die weitere Vorgehensweise. Bevor ein Sünder ausgeschlossen werden konnte, mussten noch mindestens zwei Älteste mit ihm reden, ihm Rat geben, versuchen, ihn zur Umkehr zu bewegen. Das Komitee würde zusammentreten (es bestand aus drei Ältesten, deren Oberhaupt Thurn selber war). Bereute der Sünder nicht, sondern verharrte in seinem Unrecht, so konnte das Komitee die Entscheidung treffen, ihm die Gemeinschaft zu entziehen. Im Falle der Hanna Schmaldienst lag eine schon lang andauernde Hinwendung zur Welt und damit Abwendung von der brüderlichen Gemeinschaft vor. Man würde ihr den Rat geben, an das Komitee einen Brief zu schreiben, in dem sie sich dazu bekannte, nicht mehr zu den Zeugen Jehovas gehören zu wollen. Damit wäre die ganze leidige Sache aus der Welt geschafft.

Zunächst würden er und Bruder Gebauer bei dieser Hanna vorbeischauen und versuchen sie zurecht zu bringen, ganz wie es im Galater Brief steht, 6.Kapitel, Vers1: „Brüder, wenn auch ein Mensch einen Fehltritt tut, ehe er es gewahr wird, so versucht ihr, die geistig Befähigten, einen solchen Menschen im Geiste der Milde wieder zurecht zu bringen...".

Nur, dass ich mich nicht zurecht bringen lassen wollte. Denn ich beharrte eisern auf der Tatsache, dass ich nicht vor Gott gesündigt hatte.

Ich hatte nicht gesündigt, weil der wahre, lebendige Gott (nicht Jehova) wusste, dass mein Herz ohne Falsch und ohne jede Sündhaftigkeit war, trotz dieser so genannten Hurerei. Ich war treuer und liebevoller als viele verheiratete Paare, treuer sogar als die meisten Ehemänner, die in der Gemeinschaft wohl angesehen waren. Diese zwischenmenschliche Zuneigung, diese tiefe Freundschaft mit Petzi war etwas, das man nie und nimmer als „Hurerei" bezeichnen konnte. Es war Liebe, Vertrauen, eine tiefe menschliche Beziehung. Außerdem: wen ging das irgendetwas an?

Goethes wunderbares Gedicht „Vor Gericht" beschreibt genau meine Einstellung:

„ Von wem ich es habe, das sag ich euch nicht,
Das Kind in meinem Leib.-
Pfui! Speit ihr aus: die Hure da!
Bin doch ein ehrlich Weib.

Mit wem ich mich traute, das sag ich euch nicht.
Mein Schatz ist lieb und gut,
Trägt er eine goldene Kett´ am Hals
Trägt er einen strohernen Hut.

Soll Spott und Hohn getragen sein,
Trag ich allein den Hohn.
Ich kenn ihn wohl, er kennt mich wohl,
Und Gott weiß auch davon.

Herr Pfarrer und Herr Amtmann ihr,
Ich bitt´, lasst mich in Ruh!
Es ist mein Kind, es bleibt mein Kind,
Ihr gebt mir ja nichts dazu.

Kann sein, dass meine tiefe Abneigung gegen Gernot Thurn mich veranlasste, mich so zur Wehr zu setzen. Aber ich hatte genug davon, schuldig zu sein. Ich hatte genug davon, Sünderin zu sein, hatte oft genug gehört, wie schlecht und ungläubig ich sei. Wie sehr es mir mangle an Demut, Glauben und Nächstenliebe.

Ich hatte die Ältesten gründlich satt. Sie hatten mir nicht geholfen, und sie behaupteten steif und fest, dass ich – Pfui Teufel! – eine schamlose Hure sei und keine Barmherzigkeit verdient hatte.

Dass sie mich ausschließen wollten, zeigte mir, dass sie mich als „vor Gott verwerflich" und „sündig geworden" einschätzten. Mehr noch, ich war eine Sünderin, die nicht bereute und umkehrte, so dass ihr nicht verziehen werden konnte. Ich war für die Gemeinschaft der Zeugen Jehovas untragbar geworden. Aber ich selbst sah nicht ein, warum ich mich schuldig gemacht haben sollte.

Der Besuch Thurns und des zweiten Ältesten, Gebauer, war grausam, absurd, unnötig und von Grund auf idiotisch, all das zusammen. Sie wollten mich nur ins Unrecht setzen. Ich konnte diese Menschen nicht ausstehen – besonders Thurn!

Er kam herein wie Gott persönlich: sah mich aus kalten Augen hochmütig an, gab mir nicht die Hand, sondern rauschte ins Zimmer, setzte sich in majestätischer Haltung hin und begann Gericht zu halten.

Er war so eingebildet, dass es schmerzte. Ich wehrte mich gegen jedes seiner Worte. Aber es wurde kein Streit daraus, kein hitziges Duell. Er blieb sachlich, ich machte mich klein und bot keine Angriffsfläche. Trotzdem brachte alles, was wir miteinander sprachen, die tiefe Kluft zwischen uns beiden zum Ausdruck.

Der andere Älteste, den ich nicht kannte, war freundlich und zugänglich, hatte mir sogar die Hand gegeben, blickte mich offen an, aber er bemerkte offensichtlich nicht, wie überheblich Thurn redete und sich betrug. Dieser machte mit verächtlichem Gesicht eine Bemerkung zu meiner Radiosendung: ob ich innerlich auch so chaotisch sei wie diese Musik (Ich hatte irgendetwas Zerfahrenes von Schönberg laufen, es schien mir zur Situation zu passen).

Nachdem wir mit unserem „Gespräch" nicht mehr weiterkamen, erhob sich Halbgott Thurn mit verschlossenem Gesicht und eisiger Miene und sagte von oben herab: „Das Weitere wirst du rechtzeitig zu hören bekommen!", verweigerte mir seinen Händedruck und rauschte ohne Gruß von dannen.

Und tatsächlich rief mich drei Tage später der zweite Älteste an, Bruder Gebauer. „Wir erwarten von dir in den nächsten Tagen einen Brief", teilte er mir mit, „in dem du schreibst, dass du nicht mehr zur Gemeinschaft der Zeugen Jehovas gehören möchtest. Wenn du das nicht tust, müssen wir dich ausschließen. Also schicke besser diesen Brief an Bruder Thurn."

Ich war empört. Da wollten diese Geier mich ausschließen, ohne dass ich vor dem wahren Gott schuldig geworden war, verlangten einen Brief von mir, in dem ich bekannte, eine reuelose Sünderin und etwas ganz Abscheuliches zu sein, und das, nachdem ich achtzehn Jahre lang von ihnen vereinnahmt, indoktriniert, ja regelrecht einer Gehirnwäsche unterzogen worden war, - nur weil ich etwas ganz Normales und sogar Liebevolles getan hatte: mit einem Freund unverheiratet zusammen zu leben. Nicht einen einzigen Gefallen wollte ich denen tun!

Ich schrieb wohl einen Brief. Aber ich schrieb nicht den gewünschten Text, sondern wie armselig ich sie fand. „Ihr habt mich achtzehn Jahre lang in vollkommener Abhängigkeit von euch gehalten, nun müsst ihr mit mir zurechtkommen, wie ich eben bin!".

Sie würden mich nicht dazu bringen, meine Schlechtigkeit und Verworfenheit anzuerkennen, denn sie existierte nicht.

Zwei Wochen später rief ein Ältester mich an, um mir mitzuteilen, dass mein Ausschluss bei der nächsten Zusammenkunft bekannt gegeben werden würde. Ich zischte vor Wut wie eine Schlange ins Telefon. Diese gemeinen Typen! Natürlich wollte ich nichts mehr mit ihnen zu tun haben – das stand auf einem anderen Blatt. Aber ich hatte mich in keiner Weise schuldig gemacht. Ich war keine verwerfliche Sünderin! Das sollten sie nur ja nicht glauben!

Später erzählte mir mein Bruder Bernd, der damals noch ziemlich regelmäßig in unsere alte Versammlung ging (in der ich von Kind auf bekannt war), dass bei der Verkündigung meines Ausschlusses liebe- und verständnisvolle Bemerkungen zu hören waren. „Schön, dass sie einen gefunden hat!", „Sie hat auf ihre Weise Recht.", und andere freundliche Worte. Auf einmal war

211

da eine große Sympathie zu spüren, die ich früher nie wahrgenommen hatte. Das tat mir in meinem Zorn und meiner Kränkung überaus gut.

Ich machte dann ein paar Erfahrungen, die mich damals verwirrten, mir aber aus heutiger Sicht durchaus verständlich sind.

Zunächst rief mich meine Freundin Sabine Mach an. Sie konnte sich nicht vorstellen, dass ich mich so geändert haben sollte, und sie lud mich wie früher zu einer Tasse Tee ein.

Ich hatte mich tatsächlich nicht verändert. Ich war wie immer, nur freier geworden. Ich war freundlich, verständnisvoll, und mein natürliches Wesen war das alte geblieben. Wir unterhielten uns wie früher über alles Mögliche. Über Sabines Kinder, andere Bekannte, über meine Beziehung zu Petzi, über die Bücherei. Aber dann sagte ich einen Satz, der Sabine wie mit kaltem Wasser übergoss:

„Mir ist irgendwann aufgefallen, dass ich gar nicht in einem Paradies leben möchte, in dem es nur noch Zeugen Jehovas gibt!"

„Aber Hanna", hauchte Sabine entsetzt, „du willst nicht in der Neuen Ordnung leben?".

„Ich will nicht in einem Paradies leben, und sei es auch noch so schön, das nur von Zeugen Jehovas bewohnt wird. Ich will keine Zeugin mehr sein.".

Danach redeten wir nicht mehr viel. Sie sah mich an, als wäre ich ein Wundertier. Ich sah sie an in ihrer ganzen, für mich widerwärtig gewordenen Zeugen-Mentalität. Sie war mir eine liebe Freundin gewesen. Aber ich spürte nicht das geringste Bedauern bei diesem Abschied. Ich würde befreit sein und in die große Geborgenheit einer „normalen" Welt eintreten. Ich fühlte mich erlöst.

Das Nächste war, dass ich einen alten Zeugen Jehovas beim Straßendienst traf, der mir nie sehr sympathisch gewesen ist. Ich kannte ihn auch nicht näher, er gehörte nicht zu unserer Versammlung. Da er mich nun aber im Vorübergehen gesehen und mir zugewinkt hatte, trat ich also zu ihm. Ich sagte ihm, dass er eigentlich mit mir nicht reden dürfe, denn ich sei ausgeschlossen worden.

„Ja, willst du denn nicht überleben?" fragte er entsetzt.

Nein, ich will nicht überleben, wollte ich schon antworten, sondern schlicht und einfach leben. Ich machte mir aber nicht die Mühe, sondern zuckte mit den Achseln, nickte ihm zu und ging. „Auch dich muss ich nun nicht mehr ertragen", dachte ich bei mir, und jenes frohe befreite Gefühl zog wieder durch mich hin.

Katja Küster traf ich einige Male, während ich meiner eigenen Wege ging. Ich sah sie im Straßendienst, in der U-Bahn, im Bus. Jedes Mal schauten wir einander an, sie sagte leise:„Die Hanna" und setzte sich in der U-Bahn so, dass sie mir den Rücken kehrte.

Als ich sie nun von hinten betrachtete, kam sie mir verschroben vor, eine komische Person, der man zutrauen konnte, sich wunderlich zu benehmen – wie sie da auf ihrem Platz saß mit ihrem grauen Haar und ihrem abgetragenen Gewand und ein dickes, mitgebrachtes Butterbrot verzehrte. Eine seltsame Erscheinung.

Auch Lena Sturm traf ich. Sie stand plötzlich im Supermarkt vor mir, wo wir beide offenbar zur gleichen Zeit einkaufen wollten. Ich grüßte sie herzlich, sie aber starrte mich minutenlang aus großen Augen an, ohne die geringste Regung zu zeigen, und sei es nur ein Nicken. Ich konnte direkt sehen, wie es in ihr flüsterte:

„Mit einer Abtrünnigen darf man nicht sprechen!".

Was für eine treu gehorsame Zeugin sie doch war! Ich ärgerte mich über sie, aber zugleich tat es mir gut, weil sie mir doch gerade im Predigtdienst so auf die Nerven gegangen war und das nun Gott sei Dank endgültig vorbei war.

Nur: Warum dachte sie, sie sei etwas Besseres als ich? Das war doch völlig überheblich!

Mit der Zeit hörten all diese unerfreulichen Begegnungen auf. Nur sehr viel später hatte ich ein liebes Wiedersehen mitten am Hietzinger Platz, und zwar mit dieser sympathischen Elisabeth Gmeiner (deren hörbehindertes Töchterchen nun auch schon sechzehn war), die ich im Predigtdienst öfter für eine Stunde besucht hatte, um Zeit hinzubringen.

Wir lächelten einander an, und sie fragte: „Sind Sie noch in dieser Sekte ...?".

Und ich konnte antworten: „Nein, Gott sei Dank schon lange nicht mehr!", worauf sie lachend erwiderte: „Sehen Sie, das habe ich schon geahnt!".

Wie stolz mich das machte, dass mich diese Frau noch nie mit den verschrobenen und aufdringlichen Zeugen verbunden hatte ... je ferner mir die Zeugen rückten, desto normaler kam ich mir vor.

Meine Eltern hatten es endlich geschafft, sich scheiden zu lassen. Bernd und ich waren geradezu glücklich, als wir davon hörten.

Indes war meine Mutter sehr mitgenommen. Ihr war zum Schluss von meinem sadistischen Vater eingehämmert worden, dass sie ihr Leben als Alleinstehende überhaupt niemals schaffen würde. Die Zukunft aber sollte zeigen, dass sie als Single viel besser lebte als mit ihrem Mann. Wie schon Wilhelm Busch sagte: „Wer einsam ist, der hat es gut / weil keiner da, der ihm was tut.".

Aber sie hatte ein ganzes Jahr gebraucht, um mit dem Terror, den mein Vater zuletzt ausgeübt hatte, fertig zu werden.

Ich war damals noch immer mit Petzi zusammen, und obwohl ich genervt war durch seine Prahlerei und seine geistige Beschränktheit, fühlte ich mich trotzdem wohl mit seiner Liebe.

Er förderte mich mehr, als irgendjemand früher mich gefördert hat. Zum Beispiel nahm er meinen Wunsch zu schreiben ernst. Er war der Erste, der überhaupt verstand, dass ich schreiben wollte. Allen anderen war dieser

Gedanke – mich als Autorin zu sehen - überaus fremd gewesen.

Ich hatte schon immer schreiben wollen. Das war mir nur lange Zeit nicht bewusst geworden, die ganze Zeit, als ich noch in das totalitäre Schema der Zeugen Jehovas eingezwängt war. Als das Schreiben nicht erwünscht gewesen war.

Ich war immer eine leidenschaftliche Leserin gewesen, die mit großer Aufmerksamkeit und wirklichem Kunstverständnis Bücher (meist berühmte Romane) gelesen hatte. Und ich spürte den Drang, ebenfalls einen Roman zu schreiben. Oder eine autobiographische Erzählung.

Als ich begann, bekam ich die Szenen nicht so aufs Papier, wie ich sie innerlich sah. Das machte mich unsicher, und ich ließ das Manuskript liegen. Aber ich fing immer wieder aufs Neue an. Bis ich selbst zufrieden war mit mir.

Zuerst versuchte ich Szenen aus der Geschichte von Annina zu erzählen. Aber sie gelangen mir nicht. Ein paar weitere Versuche, meine eigene Kindheitsgeschichte niederzuschreiben, scheiterte an der Tatsache, dass ich innerlich noch irgendwie an den Zeugen Jehovas hing. Die alten Wunden bluteten noch.

Mit vierundzwanzig entdeckte ich Rollands „Johann Christof" und war restlos begeistert von ihm. Ich machte mir seinen altertümlichen Stil zu Eigen und begann einen Roman über eine Sängerin und deren Kampf mit der Krankheit zu schreiben, bis hin zu ihrem letztendlichen

Scheitern. Das Ganze blieb Fragment und mutet mich heute aufgrund des veralteten Stils etwas sonderbar an. Aber es war bereits eine gelungene Talentprobe.

Mein Leben hat sich immer wieder verändert. Ich verließ Petzi und fand einen anderen Freund. Ich hatte lange Krankenhausaufenthalte. Ich arbeitete in der Bücherei, und als meine Krankheit immer schlimmer wurde, musste ich in Pension gehen. Ich wechselte ein paar Mal die Therapeutin. Ich hatte Zusammenbrüche und gute Phasen.

Das Schreiben aber blieb über all die Jahre bestehen.

Und so schreibe ich bis zum heutigen Tag. Das Schreiben macht mich glücklich, es erfüllt mein Leben mit Sinn und gibt mir das Gefühl, wertvoll zu sein. Und sollte ich irgendetwas Gutes über die Zeugen Jehovas berichten, so wäre es der Satz:

Das Beste an den Zeugen Jehovas ist für mich, dass ich über sie schreiben kann.

(Alle Bibelzitate aus: „Neue Welt Übersetzung der Heiligen Schrift".)

Das Buch

Die siebenjährige Hanna und ihr Bruder Bernd werden auf Wunsch ihres Vaters in die Glaubensgemeinschaft der „Zeugen Jehovas" hineingezogen. Die Sekte verspricht ein Paradies, erzeugt aber nur Druck und Angst. Die beiden Kinder werden in der Schule zu Außenseitern, und die Eltern sind kein Halt. Reifer geworden, begreift Hanna nach und nach, dass ein liebevoller Gott niemals Andersgläubige vernichten würde. Unter Nöten und Schmerzen kommt sie schließlich mit fünfundzwanzig Jahren von der Sekte frei.

Die Autorin

Hanna Schmaldienst ist seit dreißig Jahren frei von den „Zeugen Jehovas". Dennoch leidet sie unter den Folgen der achtzehn Jahre in der Sekte. Es ist ihr ein Anliegen, anderen durch ihr Buch zu helfen, so schmerzlos wie möglich aus der Sekte auszusteigen. Wenn ihr das gelingt, ist auch für sie selbst alles in Ordnung gekommen.

Herstellung und Verlag:
BoD – Books on Demand, Norderstedt
ISBN 978-3-7322-4354-9